# Dans les yeux
# d'Helga

# Emma
# CRAIGIE

# Dans les yeux
# d'Helga

RÉCIT

*Traduit de l'anglais
par Benjamin Kuntzer*

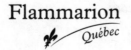

Flammarion
Québec

**Catalogage avant publication de Bibliothèque et Archives nationales du Québec et Bibliothèque et Archives Canada**

Craigie, Emma

  [Chocolate cake with Hitler. Français]

  Dans les yeux d'Helga

  Traduction de : Chocolate cake with Hitler.

  ISBN 978-2-89077-633-3

  1. Goebbels, Joseph, 1887-1945 – Famille – Romans, nouvelles, etc. 2. Hitler, Adolf, 1889-1945 – Romans, nouvelles, etc. 3. Guerre mondiale, 1939-1945 – Allemagne – Romans, nouvelles, etc. I. Kuntzer, Benjamin. II. Titre. III. Titre : Chocolate cake with Hitler. Français.

PR6103.R34C4614 2015     823'.92   C2015-940204-2


COUVERTURE

Helga Goebbels et Adolf Hitler, vers 1935.
D'après Emily Fox Photos © Getty Images
Graphisme : Antoine Fortin

INTÉRIEUR

Montage : Nord Compo


Titre original : Chocolate Cake With Hitler
Éditeur original : Short Books

© 2010, Emma Craigie
© 2015, Éditions J'ai lu, pour la traduction française
© 2015, Flammarion Québec, pour l'édition canadienne

Tous droits réservés
ISBN 978-2-89077-633-3

Dépôt légal BAnQ : 1er trimestre 2015

Imprimé au Canada

www.emmacraigie.co.uk
www.flammarion.qc.ca

*Ce livre est dédié à la mémoire
de Stan Craigie*

« Seule la plus âgée, Helga, avait parfois un regard triste et sage dans ses grands yeux marron... Il m'arrive de penser avec horreur que, au fond de son cœur, cette enfant voyait à travers les mensonges des adultes. »

**Traudl Junge, *Bis zur letzten Stunde* (*Dans la tanière du loup*)**

« Les expériences des enfants méritent d'être comprises à travers le prisme des divisions raciales et nationales, pas à cause de leurs similitudes, mais parce que leurs contrastes extrêmes nous aident à percevoir l'ordre social nazi dans son ensemble. Les enfants n'étaient ni seulement les témoins muets et traumatisés de cette guerre, ni uniquement ses innocentes victimes. Ils ont aussi vécu la guerre, joué et aimé durant celle-ci ; la guerre a envahi leur imagination et les a habités. »

**Nicholas Stargardt, *Witnesses of War*[1]**

« Le lecteur aura peut-être du mal à démêler la vérité et la fiction. Petit guide pratique : tout ce qui paraît particulièrement invraisemblable est probablement vrai. »

**Hilary Mantel, *A Place of Greater Safety*[2]**

---

1. Littéralement : « Témoins de guerre ». (*N.d.T.*)
2. Littéralement : « Un endroit plus sûr ». (*N.d.T.*)

# 1936

Je suis assise avec Papa sur un banc en bord de mer. Je dois avoir environ trois ans. J'ai le soleil dans les yeux. Un homme au chapeau blanc prend des photos. Papa rit. La brise fait gonfler sa chemise blanche, mais j'ai chaud à cause du soleil et parce que je suis blottie tout contre Papa et qu'il me serre fort dans ses bras. Je ne pourrais pas me sentir plus à l'aise, et c'est comme si je me rendais compte pour la première fois que Papa est quelqu'un de spécial. Pas seulement un personnage en arrière-plan. Il est présent, et je me sens en sécurité avec lui.

Cet instant s'achève très vite. Oncle Führer, qui nous observait, lance « À moi ! », et Papa bondit du banc pour lui céder sa place. Lui aussi veut sa photo avec moi. Je le connais à peine. Il s'assied tout près de moi, et je dois basculer ma jambe, la croiser par-dessus l'autre pour qu'il ne la touche pas. Je sais qu'il voudrait passer son bras autour de mes épaules, comme Papa.

Je sens son souffle sur moi et j'essaie d'oublier sa présence.

« Toi, Helga Goebbels, tu es ma petite fille préférée du monde entier. Si seulement tu avais vingt ans de plus ! »

L'homme au chapeau blanc rit. Papa rit. Je fais la sourde oreille. Oncle Führer se penche plus près ; il a la même odeur que les meubles dans les chambres des domestiques. Je peux faire comme s'il n'était pas là. Je me détourne et regarde l'objectif.

Je pense qu'il s'agit de mon premier souvenir.

*<br>* *

Je suis assise dans une chaise haute et Maman est installée face à moi. Elle est penchée vers moi et tient mes deux mains dans l'une des siennes. De l'autre, elle approche une cuillère de ma bouche.

« Tchou, tchou, dit-elle gaiement. Le train arrive. Le train arrive. »

Une sorte de gelée grise repose dans le couvert. Ça sent les vieux vêtements que la cuisinière fait bouillir sur le poêle. Je connais le coup du train, et quand la cuillère atteint ma bouche je garde les lèvres scellées. Maman insiste et je secoue la tête comme pour la repousser. « Allez, Helga, le train arrive. Il veut entrer en gare. » Elle m'écrase les mains. Le métal de la cuillère cogne contre mes lèvres. Je n'ouvrirai pas la bouche. Je n'ouvrirai pas la bouche. Maman appuie plus fort, et je goûte un peu de cette pâte spongieuse et savonneuse.

Maman pousse la cuillère plus loin. Un morceau granuleux me tombe au fond de la gorge. Prise d'un haut-le-cœur, je le recrache.

*
* *

Je porte une robe blanche à manches courtes. Ma sœur Hilde en a une plus jolie. La sienne a une ceinture rose foncé et de petits boutons de rose autour de l'ourlet. La mienne est unie et j'ai froid aux bras ; en plus, mes nouvelles chaussures en cuir verni, rutilantes, me font mal aux pieds.

Nous sommes dans une pièce immense avec un plafond haut comme le ciel. On pourrait y amasser un million de personnes – toute la foule enthousiaste qu'il y a sur la place dehors – si elles grimpaient sur les épaules les unes des autres ou s'y entassaient comme des sardines, mais il n'y a que quelques hôtes de marque, ça semble donc un peu vide. Des hommes en uniforme, des dames à chapeau et talons. Je ne vois pas d'autre enfant.

Nous nous mettons en file pour serrer la main à oncle Führer. C'est son anniversaire. Je ne veux pas lui serrer la main. Je l'ai déjà fait, et je sais que c'est comme saisir une limace morte. Hilde est juste devant moi, les plus petits d'abord. Ce chanceux de Helmut est resté à la maison parce qu'il n'est encore qu'un bébé. Mais Hilde semble s'en ficher. Elle lui serre la main, lui fait une révérence et s'éloigne élégamment vers les gâteaux. Et à présent, c'est mon tour. Le mieux est de ne pas le regarder. Papa est derrière moi, les mains croisées patiemment, avec un sourire de façade signifiant « ah, ah, ah, quel sacré numéro ». Je fais un pas de côté et examine la pièce. Je vois la longue table couverte de gâteaux, les grandes fenêtres, les chandeliers en or. Un orchestre joue à l'extérieur. Je garde les bras croisés sur ma poitrine afin qu'oncle Führer ne puisse pas me prendre la main. Il se penche vers moi. Une haleine de chou. Je suis forcée de me replier contre le mur. Tout le monde attend son tour. Je me dépêche d'en finir – un hochement de tête poli, sans même le regarder – et je m'empresse d'aller rejoindre Hilde. Elle a atteint les gâteaux. Je suis en train d'hésiter entre celui fourré au chocolat et le cœur en pain d'épice quand Papa arrive derrière nous. Il ne rit plus du tout ; ses lèvres sont étirées sur un rictus tout en dents.

Il se plie en deux pour me chuchoter à l'oreille : « Les petites filles malpolies n'ont pas le droit aux gâteaux. »

# Premier jour dans le bunker

## *Dimanche 22 avril 1945*

Je suis allongée sur la couchette du bas ; Heide s'est finalement endormie contre moi, la tête dans le creux de mon bras et les pieds sur mes tibias. Je ne pourrai jamais dormir dans cette position. Nous sommes collées l'une à l'autre, parce que le matelas est affaissé au milieu. L'empreinte de tous les soldats qui ont dormi ici avant nous. Personne d'autre ne voulait partager son lit avec Heide parce qu'elle bouge beaucoup. Il n'y a que deux lits superposés pour nous six – Hedda dort au-dessus de nous et Hilde au-dessus de Holde ; quant à Helmut, il est allongé sur une couverture à même le sol. Il est ravi. Quand nous nous sommes rendu compte que nous n'aurions pas chacun notre lit, il a déclaré :

« Tous les Allemands doivent savoir faire des sacrifices en ces heures sombres. » Il a toujours voulu faire comme Papa. En tout cas, il s'est endormi immédiatement, ce qui est relativement incroyable étant donné qu'il n'y a qu'une fine épaisseur de tissu entre le béton et lui. Maman dit qu'ils nous trouveront d'autres lits demain. J'espère que les matelas seront meilleurs. Je ne peux pas lire, car la seule lumière est une applique et que ça dérangerait les autres si je l'allumais.

Nous sommes arrivés en début de soirée. Nous n'étions de retour à Berlin que depuis deux jours, et nous pensions séjourner dans notre bunker sous le ministère, mais Papa est soudain venu nous chercher dans l'après-midi. Il a décrété que le meilleur endroit pour nous était le bunker du Führer ou, plus précisément, le pré-bunker, qui mène au *Führerbunker*. Il est bien moins confortable que celui de la maison : il n'y a pas de tapis, pas de décorations aux murs – du moins dans notre chambre –, les lits sont plus petits, les draps plus rêches, les couvertures moins épaisses.

Notre Führer est venu jusqu'au cœur de Berlin pour mener l'assaut final contre les hordes russes. Nous sommes ici pour lui témoigner notre soutien. Papa dit que nous avons beaucoup de chance d'avoir cette occasion de prouver notre loyauté. Selon lui, c'est un moment très important de notre histoire et un grand honneur d'en faire partie. Notre courage est un exemple pour tout le peuple allemand. Nous sommes tout proches de la victoire, d'après lui. Personnellement, je ne trouve pas que ce soit une réelle preuve de courage quand on n'a pas eu le choix.

Nous sommes juste tous les six, avec Papa et Maman. Nous avons laissé nos deux grands-mères et nos deux gouvernantes à la maison. Quand Papa a téléphoné à l'île de Schwanenwerder pour nous dire de venir à Berlin, c'était le jour de congé de Hubi ; Mlle Schroeter et Mamie Behrend nous ont donc aidés à faire nos valises, ce qui n'a pas été facile, car Hubi est à peu près la seule à savoir où se trouve chaque chose. D'un autre côté, nous n'avions pas besoin de beaucoup d'affaires. Papa nous a dit de n'emporter qu'un vêtement de nuit et un jouet chacun, parce que nous n'allons pas rester longtemps. Nous avons chacune pris une poupée – j'ai choisi Elsa –, mais pas Helmut, bien sûr, qui a apporté un tank. Mamie B. n'arrêtait pas de pleurer et de répéter sans cesse la même chose : « Dites à votre mère qu'il faut que je la revoie. Faites-lui un gros baiser de ma part. Je lui avais dit, je lui avais dit que ça tournerait au désastre. Elle n'aurait jamais dû l'épouser. » Cela nous a tous énervés. Mamie B. est toujours malpolie avec Papa ; d'après Maman, c'est parce qu'ils n'ont jamais discuté en face à face. Elle dit que Mamie B. en fait des tonnes et que c'est ridicule, que cette guerre sera bientôt terminée et que nous nous retrouverons bien vite tous ensemble. Je ne sais pas dans quelle maison nous vivrons après la guerre. J'imagine qu'il va falloir un certain temps pour déblayer Berlin, et que nous serons sans doute mieux sur Schwanenwerder. Avec un peu de chance, nous y passerons tout l'été. J'ai envie de monter à cheval plein de fois. Rosamund me manque déjà.

Dès que Hubi est revenue de son jour de congé et qu'elle a découvert que nous étions partis, elle est venue nous chercher à Berlin. Elle est arrivée au moment même où nous quittions le bunker du ministère. Helmut adore Hubi et il s'est exclamé sans réfléchir, comme d'habitude : « Tu viens avec nous au bunker du Führer ? » Le plus gênant, c'est que Maman n'a rien dit. Apparemment, elle ne voulait pas que Hubi nous accompagne. Je suppose qu'il n'y a pas assez de place pour tout le monde. Hubi a regardé Maman, et Maman s'est tournée vers nous et a lancé : « Allez, les enfants, dépêchez-vous. Au revoir, Hubi. » Et Helmut s'est écrié avec entrain : « À bientôt, Hubi ! » Comme si on partait en vacances.

Nous avons pris la voiture pour aller jusqu'au bunker, même si c'est à deux pas du ministère. On ne peut plus marcher nulle part à Berlin ces jours-ci. Les pavés sont couverts de briques écroulées et de débris de verre. À certains endroits, on pouvait à peine circuler au milieu de la chaussée. Et il pleuvait à verse.

Maman et Papa sont partis dans la première voiture et tous les enfants dans la seconde. Je me suis installée devant. Le conducteur avait une drôle d'allure avec son nez épaté de boxeur et ses oreilles énormes. Ce n'était pas l'un des chauffeurs habituels. Il m'a énervée parce qu'il nous parlait comme il n'aurait jamais osé le faire si nos parents avaient été avec nous ; il essayait de nous soutirer des informations qu'il n'aurait pas cherché à apprendre d'eux.

« J'imagine que vous êtes tout excités d'aller dans le bunker du Führer ?

— Oh, oui ! a dit Helmut. On va voir oncle Führer et il y aura des tas de généraux et de soldats. On sera en plein cœur de l'action.

— Est-ce que Mlle Braun sera là aussi ? »

Je n'allais tout de même pas répondre à ses questions. Je suis sûre que personne ne sait exactement qui il y a dans le bunker. Et Maman nous dit toujours de bien faire attention à ce qu'on raconte, surtout aux domestiques, mais je crois que Helmut est encore trop jeune pour comprendre pourquoi. Il a neuf ans et demi.

« Tu veux dire tata Eva ? a demandé Helmut d'un ton solennel. Oh, oui, je pense que oui.

— Tata Eva, hein ?

— Ce n'est pas vraiment notre tante, a expliqué Helmut. Mais on l'appelle tata, car c'est une bonne amie de la famille.

— Vous la connaissez bien, pas vrai ?

— Plutôt bien. »

On ne l'a rencontrée que quelques fois et on ne l'a plus revue depuis des lustres – il faut toujours que Helmut dise des bêtises.

« Il paraît qu'elle est très belle. »

Je crois que Helmut n'a pas su quoi répondre.

Malgré la pluie, la moitié du ciel était rouge à cause des feux des Russes à l'est. Heide croyait que c'était le soleil qui se couchait et applaudissait parce que les couleurs étaient magnifiques. Elle ne fait pas la différence entre l'est et l'ouest. Maman nous fait croire que le bruit des fusils est le tonnerre, et mes frère et sœurs ne se demandent même pas pourquoi il y a des orages tous les jours, même quand il fait beau. Je me sens très seule.

Nous sommes passés devant l'un des panneaux que Papa a fait peindre dans toute la ville : « Tous les Allemands défendront leur capitale. Nous arrêterons les hordes rouges aux portes de Berlin. » Le chauffeur ne semblait pas trop s'inquiéter des hordes rouges. « Ivan », il les appelait. « Ivan boit tellement de vodka qu'il a plus de chances de se tirer une balle dans le pied que de toucher un soldat allemand ! » Ça le faisait rire tout seul.

Tant de bâtiments ont été bombardés. Certains se sont complètement écroulés, d'autres sont simplement éventrés et révèlent du papier peint à fleurs, des cheminées et des portes ne donnant sur rien. Quand nous avons quitté Schwanenwerder l'autre jour, nous avons vu des mamans en manteau faire cuire des choses sur des foyers ouverts à même les ruines, et des enfants pieds nus et crasseux accroupis tout autour. Je ne sais pas ce qu'ils mangent : il n'y a pratiquement plus un seul magasin. Nous sommes passés devant une maison en feu – d'immenses flammes jaunes sortaient par les fenêtres – tandis que les bâtisses voisines restaient debout et intactes, comme si de rien n'était. Helmut affirme avoir vu un cadavre pendu à un lampadaire. Je pense qu'il ment.

Nous sommes sortis de voiture dans la cour de la chancellerie du Reich. L'édifice a été touché par les bombes. Il y a des trous énormes dans la toiture, et il y a devant des tas de gravats et des carcasses de voiture. Toutes les vitres ont été brisées, ce qui confère à l'endroit l'allure d'un crâne. Papa dit qu'il ne faut pas trop s'inquiéter pour les dégâts, parce qu'une fois que nous aurons gagné la guerre nous pourrons reconstruire une ville plus grande et plus belle.

Nous avons franchi une porte haute et étroite au fond de la cour, puis nous sommes descendus dans les celliers de la chancellerie. Là, tout était intact. Nous avons dépassé les cuisines pour entrer dans un grand garde-manger rempli de fruits en bocaux, de confitures, de salamis, de saucisses, de bœuf mariné, de sacs de farine et de sucre et d'innombrables caisses de vin et de champagne. Puis nous avons ouvert une sorte de placard, qui donnait en réalité sur un couloir secret, au bout duquel une énorme porte métallique était gardée par des soldats avec des casques et de très longs fusils. Ils ont fouillé nos sacs, même le sac à main de Maman, avant de nous laisser passer. Maman n'était pas contente du tout, mais ils ont insisté en disant que c'étaient les « ordres du Führer ». Une fois à l'intérieur, nous avons descendu les escaliers menant aux bunkers. Il y avait des centaines de marches – tellement que j'en ai eu les jambes qui tremblaient – et tant de virages et de couloirs que j'étais complètement désorientée. Hilde a dit que ça ressemblait à un labyrinthe, mais Maman a fait remarquer que, heureusement, ça menait à oncle Führer, pas au Minotaure. Helmut était tout excité et n'arrêtait pas de dire : « Ça y est, on est en plein cœur de la guerre totale ! »

Une fois que nous sommes arrivés au bunker du Führer, Papa est allé trouver l'une des secrétaires pour qu'elle nous mène à notre chambre. Celle de Maman est juste à côté de la nôtre dans le pré-bunker, mais Papa est en bas, dans le *Führerbunker,* pour qu'il puisse toujours être auprès d'oncle Führer. Maman est restée en bas pour le saluer puis est tout de suite allée se coucher. Elle a de nouveau des problèmes au cœur.

La secrétaire s'appelle Mme Junge. On voit qu'elle n'a pas l'habitude de garder des enfants, parce qu'elle ne nous a pas demandé de nous démêler les cheveux avant d'aller au lit, et je pense qu'elle aurait même oublié de nous forcer à nous brosser les dents si je ne le lui avais pas rappelé. Mais elle est gentille. Dès notre arrivée, elle nous a dit qu'elle allait nous trouver de quoi « nous occuper » et elle nous a emmenés dans le bunker du Führer pour nous montrer une immense réserve.

La pièce était remplie de choses inattendues. L'anniversaire d'oncle Führer a eu lieu il y a quelques jours, et ils ont rangé tous ses cadeaux ici. Apparemment, il n'en voulait pas, et il a dit à Mme Junge de nous laisser prendre ce qui nous plaisait.

Il y avait tant de choix – des bibelots, des jouets, des livres pour enfants –, mais rien qui corresponde vraiment à un homme adulte.

« Je veux l'ourson avec le nez noir ! » a crié Heide en désignant l'étagère du haut. Mme Junge le lui a attrapé.

« Regardez ! Ils ont *Stukas greifen an*[1] ! Qui veut faire une partie avec moi ? » a demandé Helmut en sautillant sur place.

Un silence de mort. *Stukas greifen an* est le pire jeu de plateau du monde, personne n'y jouera jamais avec lui.

« Je vais jouer avec toi, lui a dit Mme Junge en lui tendant la boîte. Tu veux autre chose ?

— J'aimerais bien avoir les soldats de plomb, et... (Helmut a observé tous les rayonnages.) Je pourrais prendre quelques voitures, aussi ? Madame Junge, pourquoi oncle Führer a reçu autant de jouets ?

— Je n'en ai aucune idée. Beaucoup de gens l'aiment et voulaient lui offrir des cadeaux, mais j'imagine qu'ils ne savaient pas quoi prendre. Les filles, que voulez-vous ? »

Nous avons choisi des tonnes de peinture, du papier à aquarelle, des jeux de cartes et des livres. Hilde a réclamé des histoires de Peaux-Rouges, qu'oncle Führer adore, et Holde un énorme recueil des frères Grimm, *Contes de l'enfance et du foyer*, ainsi qu'une poupée en costume traditionnel allemand.

Nous étions en train de remonter le gros escalier quand le vagissement des sirènes d'alerte aérienne a retenti, juste avant une énorme explosion. Holde s'est mise à pleurer.

« Ce n'est rien, ce n'est rien, ne t'en fais pas. » Mme Junge s'est accroupie à côté d'elle. « Nous sommes dans l'endroit le plus sûr de la ville. Aucune bombe ne peut nous atteindre ici. »

---

1. Littéralement : « Les stukas attaquent ». (*N.d.T.*)

Une nouvelle explosion s'est ensuivie immédiatement. Les lumières ont clignoté, et des flocons sont tombés du plafond.

« Vous vous habituerez vite au bruit. Personnellement, je ne l'entends presque plus. Je vis sous terre depuis près de cent jours. Venez, c'est l'heure du goûter. »

Au moins, elle reconnaît qu'il y a des bombes. J'espère pouvoir lui soutirer quelques vérités.

Des sandwichs au fromage et au salami, du gâteau au chocolat et du chocolat chaud étaient disposés sur une grande table dans le couloir. Mlle Manziarly a fait le service. Elle est la cuisinière personnelle d'oncle Führer. La seule personne à qui il fasse confiance pour préparer ses repas. Elle est autrichienne et a un accent très prononcé, des cheveux bruns coiffés en chignon, un tablier serré et de gros doigts. Elle a dit qu'oncle Führer a insisté pour qu'elle nous prépare un gâteau au chocolat. Elle en a coupé six parts bien droites et égales. Holde n'en a pas voulu parce qu'elle ne mange pratiquement que du pain et du beurre, mais Mlle Manziarly n'en a pas fait toute une histoire. Elle a dit qu'elle avait l'habitude des gens aux goûts particuliers. Oncle Führer mange du gâteau au chocolat tous les jours, mais jamais de viande.

Après le goûter, tante Eva est venue nous voir. Elle nous a gratifiés d'un baiser chacun. Elle a posé sa joue contre notre joue – elle a la peau la plus douce du monde – et a embrassé l'air à côté de notre oreille, et on a pu sentir son parfum délicieux. On dirait une actrice. Ses cheveux bouclent légèrement autour de son visage. Ses sourcils sont épilés de si près qu'on dirait qu'ils sont peints. C'est peut-être le cas. Ses lèvres forment un cœur rouge parfait. Et ses ongles font tous exactement la même taille, ont tous exactement la même forme et sont exactement de la même couleur que son rouge à lèvres. Elle a l'air incroyablement propre. Je ne sais pas comment on peut être aussi propre. Surtout ici. En tout cas, elle nous a appris une excellente nouvelle : Blondi, le berger allemand d'oncle Adi – elle l'appelle oncle Adi –, a eu des chiots ! Nous avons suivi les frous-frous de sa robe jusqu'au *Führerbunker* pour les voir.

Ils sont si mignons ! Ils sont tellement petits qu'on a du mal à croire qu'ils vont devenir de gros chiens comme Blondi. Ils n'ont que deux semaines et leur poil marron et doré encore tout pelucheux est vraiment doux ! Il y en a cinq en tout, deux filles et trois garçons : Foxl (c'est ma préférée ; elle l'a appelée comme le terrier qu'oncle Adi avait pendant la Première Guerre mondiale), Stasi (le nom d'un des vieux chiens préférés de tata Eva), Wolf (d'après tata Eva, c'est le préféré d'oncle Adi), Harass (le nom de leur père) et Luger (tata Eva dit que c'est le nom d'une personne qui a inspiré oncle Adi, pas celui du pistolet). Tata Eva nous a dit que nous pourrons en ramener un à la maison après la guerre, mais nous n'avons pas pu nous mettre d'accord. Moi, je voulais vraiment Foxl, parce qu'elle s'est endormie sur mes genoux, mais Helmut voulait vraiment Luger parce que c'est le plus gros. Finalement, tata Eva nous a dit de demander à Maman si on pourrait en avoir deux.

Tata Eva s'est assise à son petit bureau pour écrire une lettre. Même son matériel est beau. Son épais papier couleur crème, son stylo à plume noir... Avec elle, on oublie qu'on est sous terre en plein milieu d'une guerre. Au bout d'un moment, elle a appelé Mme Junge pour lui demander de nous ramener dans notre chambre. Elle a dit qu'on pourrait jouer à cache-cache demain, dans le bunker du Führer.

« Et n'ayez pas peur des soldats, a-t-elle ajouté. Tout le monde est ravi de vous avoir ici ! »

# 1937

Il pleuvait à seaux le jour où nous avons visité la maison sur Schwanenwerder. Nous attendions sous la grande véranda que Papa déverrouille la porte d'entrée avec une clef géante. Il faisait complètement noir à l'intérieur. Il est allé ouvrir tous les grands volets de bois, et une lumière verdâtre venant du jardin à l'abandon s'est déversée à l'intérieur. Je me suis imaginé être une sirène dans un palais sous-marin.

J'adorais ces vastes pièces qui résonnaient, ces placards dans lesquels on pouvait se cacher, ces chambres au papier peint à fleurs terni. Nous avons tout exploré : les cuisines, les caves, les salles de bains avec leurs grandes baignoires tachées. Il y avait tant à voir que Maman a senti son cœur s'emballer à cause de sa maladie et qu'elle a dû s'arrêter dans l'une des chambres de bonne du grenier pour reprendre son souffle. Elle s'est assise sur un vieux lit en fer que les anciens habitants avaient laissé ; je suis montée sur ses genoux et nous sommes restées là à écouter silencieusement Papa découvrir le rez-de-chaussée avec des cris de joie. Elle m'a adressé l'un de ses sourires signifiant « Papa est dingue, mais on s'en fiche », et je me rappelle que le léger creux de son épaule où reposait ma tête était idéal. Je me suis alors dit qu'à partir de ce jour tout serait parfait. Je ne me rendais pas compte que, quand nous emménagerions pour de bon, toute la maison serait repeinte et remise à neuf, et que toute sa beauté et son mystère disparaîtraient.

Par chance, ils ont mis plus longtemps à s'occuper du jardin. Il était immense et Maman disait qu'il était « négligé ». Il y avait d'épais buissons et des branches basses, d'innombrables cachettes dans lesquelles seuls des enfants pouvaient tenir. Au final, ils ont fait venir un certain Carl, qui avait des yeux bleus agressifs, et il a à peu près tout gâché avec sa tondeuse et sa faux. Néanmoins, pendant un temps, le jardin abritait des mondes complètement différents où on pouvait jouer.

Lors de cette première visite, la pluie a fini par s'arrêter. Nous avons traversé l'herbe encore mouillée pour gagner le bord du lac. Mes chaussettes et mes chaussures étaient toutes trempées. Il y avait une fille dans le jardin d'à côté. Elle faisait de la balançoire, et ses bottes en caoutchouc s'élevaient haut dans le ciel. Elle nous a fait coucou de la main, mais Maman nous a interdit de lui répondre. Elle nous a dit que, malheureusement, le problème de cette maison était que les voisins étaient peu recommandables. Elle a dit que Papa allait s'en occuper.

Je détestais Carl le défricheur, mais j'adorais M. Bruegger, qui s'occupait des poneys. Papa en avait acheté deux – Loki et Freya, tous deux pie – ainsi qu'un cabriolet. M. Bruegger nous emmenait faire des promenades autour de l'île, et puis il nous laissait nourrir les poneys. Il nous apprenait à monter, à siffler, à toucher des orties sans nous faire piquer, et il nous racontait des histoires sur les chevaux dont il avait pris soin pendant la guerre. J'adorais nos poneys. Leur souffle chaud et leur nez si doux, l'odeur du foin dans l'écurie. Ce n'est que plus tard que j'ai eu Rosamund.

À cette époque, avant la guerre, on naviguait sur *Baldur*, le yacht de Papà. Il y avait toujours une brise fraîche sur le lac, et on devait porter de lourds gilets de sauvetage humides. On me reprochait tout le temps de me tenir au mauvais endroit : « Attention à la bôme ! »

Papa avait une amie actrice qui s'appelait Lida. Parfois, Papa et moi regardions ses films, mais ils ne plaisaient pas à Maman, et Hilde et Helmut étaient trop jeunes. Lida était très belle. Enfin, Maman n'était pas de cet avis, mais moi oui. Elle avait de très jolis cheveux ondulés, et son visage était à la fois crispé et jovial, et toujours souriant. Lida adorait aller sur le yacht de Papa, et Maman obligeait toujours Hilde et moi à aller lui tenir compagnie, parce qu'elle avait peur qu'elle s'ennuie à devoir rester seule avec Papa. Je ne pensais pas que c'était le cas, car ils repartaient toujours faire un petit tour après nous avoir ramenées à la maison.

*<br>* *

J'ai rencontré Reggie lors de mon premier été sur Schwanenwerder.

On nous envoyait toujours jouer dehors après le petit déjeuner et, parfois, je sortais de mon propre chef dans l'espoir d'apercevoir la fille des voisins. La clôture qui délimitait le jardin s'était effondrée, il était donc difficile de dire précisément où finissait chez nous et où commençait chez eux. C'était avant que Carl installe la nouvelle clôture barbelée. Un jour que j'étais assise, cachée dans les buissons, et que je l'observais faire le poirier, elle a soudain bondi sur notre terrain et s'est jetée par terre à côté de moi.

« Permettez-moi de me présenter : Regine Goldschmidt, reine des Goldschmidt. Qui êtes-vous, je vous prie ?

— Je m'appelle Helga. » Je ne savais pas quoi dire d'autre, parce que Maman nous avait interdit de parler aux voisins. J'ai donc repris très doucement, cherchant un compromis entre deux règles essentielles : « Ne parle pas aux voisins » et « Réponds quand on te parle ».

« J'ai bien peur de ne pas avoir le droit de discuter avec toi, ai-je chuchoté.

— C'est ridicule ! Ça doit être parce qu'on est juifs. Mais ne t'en fais pas : ce n'est pas contagieux !

— Et toi, tu as le droit de discuter avec nous ?

— J'ai tous les droits. Je n'ai pas de maman. »

Elle a enroulé autour de son doigt une mèche de ses longs cheveux noirs.

« Est-ce que tu as un papa ?

— Oh, oui. Et un frère et une sœur, mais ils sont déjà grands et ils ne rentrent que le week-end. Alors je reste toute seule avec Papa et je m'ennuie à mourir. J'ai hâte que les vacances se terminent pour que je puisse retourner à l'école à Berlin. Au fait, tu peux m'appeler Reggie.

— Qu'est-il arrivé à ta maman ?

— Elle est morte.

— Pourquoi ?

— Elle a été frappée par la foudre.

— Ici ?

— Non, bien sûr que non. Ce n'est pas vrai. Elle était malade.

— Quel âge tu as ?

— Douze ans et demi. C'est vrai que ton père c'est Joseph Goebbels ?

— Oui. Pourquoi ?

— Tu connais Adolf Hitler ?

— Tu veux dire le Führer ?

— Certains l'appellent comme ça.

— Nous, on l'appelle oncle Führer.

— C'est ton oncle ?

— Pas mon vrai oncle.

— Est-ce qu'il fait peur ?

— Non, pas vraiment, mais il sent mauvais.

— Mon père dit qu'il est très dangereux. Tu as combien de frères et sœurs ?

— Deux sœurs et deux frères. Je suis la plus vieille – à part Harald, qui a seize ans, mais ce n'est que mon demi-frère et il habite surtout avec son père –, Hilde a trois ans et demi, Helmut presque deux ans et Holde est encore un bébé.

— C'est tout ? Papa dit toujours que les Goebbels ont des centaines d'enfants – au moins vingt-trois, ou un truc dans le genre.

— Oh, la barbe, c'est la cuisinière qui appelle. Je dois aller manger. Reviens ici demain à la même heure ! »

Depuis, j'allais chercher Regine, la reine des Goldschmidt, chaque fois que j'en avais l'occasion. Elle passait de notre côté, on s'allongeait dans l'herbe, elle me racontait ses histoires d'école et me montrait comment faire le grand écart, même si je n'y arrivais jamais. Je me souviens d'un jour chaud et ensoleillé où elle m'a emmenée de leur côté, jusqu'à la jetée qui avançait sur le lac au fond de leur jardin ; nous sommes restées assises, les pieds dans l'eau, à faire onduler la surface parfaitement lisse. Personne ne nous a vues.

À partir du moment où les températures sont devenues plus fraîches et où j'ai dû porter un gilet, Regine n'est plus venue à notre endroit habituel après le petit déjeuner ou le déjeuner. Elle avait dû rentrer à Berlin.

*
*  *

Oncle Führer venait souvent dormir chez nous – Maman lui réservait un gîte exprès pour lui, pour qu'il puisse passer chaque fois qu'il en avait envie. Il était là pour mon cinquième anniversaire et il m'a offert une machine à coudre. Même si ce n'était qu'un jouet, elle fonctionnait vraiment. Elle était magnifique : en métal noir brillant avec des fleurs dorées. Je me suis tout de suite imaginé les robes somptueuses que je pourrais me faire.

« Comment ça marche ?

— J'ai bien peur de ne pas savoir – tu vas devoir demander à ta mère. »

Maman a envoyé chercher un vieux drap.

Je ne voulais pas d'une robe fabriquée dans un vieux drap.

« Je vais te montrer comment faire un ourlet. »

Je ne voulais pas apprendre à faire les ourlets.

« On n'a qu'à commencer par un mouchoir ! »

Maman a découpé un petit carré de tissu.

Elle s'est penchée par-dessus mon épaule et a guidé mes mains pour bien le positionner. Sa grosse bague m'écrabouillait les doigts.

« Non, non, non... Helga, tiens-le à plat. Je m'occupe de la pédale. »

JE NE VEUX PAS FAIRE UN FICHU MOU-CHOIR ! Je ne l'ai pas dit à voix haute. J'ai réussi à tenir ma langue. Les points se multipliaient très vite : un, deux, trois, quatre côtés, parfaitement cousus.

« Voilà, a dit Maman. C'est adorable. On a fini. Va montrer à ton oncle Führer comme tu es intelligente. »

*
* *

Papa avait lui aussi son propre logement, et il y demeurait généralement pour pouvoir travailler au calme. Maman disait qu'on faisait trop de bruit, qu'on l'empêchait de se concentrer, mais je pense qu'elle criait plus que nous. Lida devait savoir rester silencieuse parce qu'elle avait le droit d'aller le voir.

# Deuxième jour dans le bunker

## *Lundi 23 avril 1945*

Je suis la dernière debout ce matin. Je me rappelle vaguement que Helmut a allumé la lumière à un moment donné, mais j'ai remonté la couverture jusqu'à mes yeux et je me suis rendormie. Quand je me suis réveillée pour de bon, Helmut tirait des élastiques sur la poignée de porte ; Hilde lisait un livre sur les Peaux-Rouges et Holde, Hedda et Heide étaient « parties en Islande », c'est-à-dire qu'elles étaient cachées sous les draps dans le fond de leur lit et faisaient comme s'il s'agissait d'un igloo.

Mme Junge vient nous chercher pour le petit déjeuner. Elle a l'air de s'être levée en hâte. Ses cheveux sont tout aplatis d'un côté et ébouriffés de l'autre. Elle nous dit que Maman va rester au lit parce que son cœur lui joue encore des tours.

Elle nous propose du chocolat chaud, du pain, du beurre et de la confiture de quetsches. On peut avoir autant de beurre qu'on veut, ce qui est vraiment extra : c'est la première fois depuis des siècles qu'on n'a pas à étaler la couche la plus fine possible pour économiser. En plus, le pain est encore chaud et le beurre fond tout seul. L'une des aides de cuisine vient d'aller le chercher dans une boulangerie sur Wilhelmstraße. D'après Mlle Manziarly, les filles de cuisine sont plus courageuses que la moitié des soldats des bunkers. Elle pense que c'est peut-être la seule boulangerie subsistant à Berlin.

Papa vient nous voir après le petit déjeuner. Il nous dit que les astrologues ont prédit qu'on gagnerait la guerre avant la fin avril. Ce n'est que dans une semaine. Apparemment, l'alignement des étoiles est exactement le même que lorsque Frédéric le Grand a remporté la guerre de Sept Ans par miracle. Cette fois-là, la tsarine russe était morte, cette fois-ci, le président américain vient de mourir. Ça ne peut pas être qu'une coïncidence, selon Papa. Papa disait autrefois que seuls les vieux imbéciles comme M. Göring accordaient du crédit à l'astrologie, mais aujourd'hui tout le monde y croit. J'espère que c'est vrai. Je ne supporterais pas de rester enfermée ici plus d'une semaine. Quand on retournera sur Schwanenwerder, la première chose que je ferai sera de traverser tout le jardin en faisant la roue. J'ai hâte qu'il fasse assez chaud pour se baigner – encore un mois peut-être. Cet été, Hubi va m'apprendre le papillon.

Maman reste au lit toute la matinée. Elle descend nous rejoindre à midi, mais elle nous regarde manger nos sandwichs sans rien avaler. Elle est très pâle et semble très fatiguée. Le point positif, c'est que tous les petits savent qu'il ne faut pas se chamailler quand Maman n'est pas en forme. Elle nous dit qu'on doit aller se reposer après le repas, puis qu'elle viendra nous aider à nous préparer pour aller prendre le goûter avec oncle Führer. Nous reposer ! Comme si on avait besoin de se reposer ! Ce n'est pas très fatigant de dessiner et de lire toute la journée. Maman nous embrasse sur le haut du crâne avant de retourner dans sa chambre.

Juste avant le déjeuner, on a joué à cache-cache. C'est moi qui comptais pendant que les autres se cachaient. Heide et Hedda étaient les plus faciles à trouver, car elles étaient retournées dans leur igloo, comme je l'avais deviné. Les autres étaient dans les toilettes du bunker du Führer, là où vivent Blondi et les chiots. Ce n'était pas non plus une très bonne cachette, parce que les bébés chiens n'arrêtaient pas de pousser de petits jappements aigus. Papa était dans le couloir du *Führerbunker*, mais il avait l'air si concentré que je ne lui ai même pas dit bonjour. Il y avait aussi un grand monsieur, M. Misch, le téléphoniste. Il est sorti de sa cabine pour me chuchoter à l'oreille : « Vous feriez mieux de remonter à l'étage, les petits font beaucoup de bruit. » Je les ai donc tous réunis et on a retrouvé Mlle Manziarly dans le couloir de la salle à manger de l'étage, où elle nous préparait nos sandwichs.

Des ordonnances ont installé une nouvelle couchette dans notre chambre durant la matinée. Quand on va faire notre soi-disant sieste, Hedda, Heide et Helmut commencent immédiatement à se disputer pour savoir qui va dormir en haut. Ils me donnent mal à la tête. Finalement, je leur lis l'histoire de Hansel et Gretel pour avoir un peu la paix.

Au bout d'un moment, Maman, tata Eva et Liesl, la femme de chambre de tata Eva, viennent nous chercher pour le goûter. J'aime bien l'allure de Liesl. Ses tenues sont à la fois confortables et bien nettes, et elle sent bon le repassage. On a l'impression qu'elle peut se charger de n'importe quoi sans en faire toute une histoire. Maman s'est un peu maquillée pour avoir meilleure mine. Tata Eva porte encore l'une de ses robes chics, couverte de roses rouges. Maman semble un peu dans la lune. Tata Eva n'arrête pas de se plaindre que c'est difficile de trouver de bonnes couturières maintenant que tous les Juifs ont quitté Berlin, et Maman hoche la tête en sortant nos plus belles tenues – nos robes blanches, et la chemise et le short blancs de Helmut – pour que Liesl les repasse. Je suis tellement contente qu'on n'ait pas apporté celles qu'elle a fait faire dans les rideaux de la nursery : elles sont horriblement raides et nous font ressembler à des abat-jour.

Dès que nous sommes tous prêts, elles nous font rapidement répéter nos chansons, celle qui parle du rossignol et « les étoiles ». On les connaît par cœur. Tata Eva nous applaudit bruyamment – ça résonne entre les murs en béton – en nous disant qu'on est de vraies petites merveilles et qu'oncle Adi va adorer notre performance. C'est justement ce dont il a besoin en cette période difficile. Heide braille plutôt qu'elle ne chante, mais ce n'est pas grave parce que tout le monde la trouve toujours mignonne. Normalement, nous aurions dû offrir des fleurs à oncle Adi pour son anniversaire, mais évidemment nous n'avons pas pu en trouver ici, alors nous lui avons préparé des cartes. Il y a des edelweiss sur la mienne. Hedda va réciter le poème qu'elle a appris pour Noël.

Le salon d'oncle Adi paraît petit quand on est si nombreux à l'intérieur. Papa et Mme Junge sont déjà là à notre arrivée, installés sur les deux seuls fauteuils. Ils se sont tous les deux levés d'un bond pour les laisser à Maman et tata Eva. Il y a aussi un petit sofa fleuri, mais apparemment ils aiment mieux s'appuyer sur le bureau plutôt qu'y prendre place. Tous les enfants s'asseyent par terre, les jambes repliées sous eux pour occuper le moins d'espace possible. Puis on attend que tata Eva aille chercher oncle Adi.

Quand je le vois, je trouve d'abord qu'il a rapetissé. Il est tout voûté et chiffonné, comme s'il avait besoin que Liesl lui donne un bon coup de fer. Dès qu'il est entré, nous nous sommes tous levés, mais pas assez vite au goût de Maman, car elle m'a légèrement poussée dans le dos ; ça m'a vraiment agacée parce que, bon sang, je suis quand même assez grande pour connaître les bonnes manières sans qu'on ait besoin de me les rappeler. Je lui fais une révérence avant de serrer sa main affreusement moite et molle. Ça, au moins, ça n'a pas changé. Hilde passe après moi, mais quand vient le tour de Helmut, oncle Führer l'attrape par l'oreille et la secoue jusqu'à ce qu'elle devienne toute rouge. Je vois bien que Helmut retient son souffle pour ne pas crier. Finalement, oncle Führer le relâche et se laisse tomber sur le sofa en pétant. C'est peut-être juste le canapé qui a grincé, mais je crois bien que c'était un pet. Tata Eva s'installe à côté de lui.

« Quel bonheur de voir d'aussi beaux enfants !

— Ils sont ravis d'être là, *mein Führer*, dit Papa. Ils étaient tout excités à l'idée de vous rejoindre dans votre caverne souterraine.

— Notre caverne ! Oh, oui, c'est merveilleux de vivre dans une caverne... une grotte ! s'exclame tata Eva. C'est la grande aventure. »

Ses prunelles pétillent comme si elle avait toujours rêvé de venir ici.

« Les enfants vous ont apporté des cartes, *mein Führer*, dit Maman. Ils les ont faites tout seuls, même la petite Heide. Les enfants, donnez vos cartes à oncle Adi. »

Oncle Adi les examine tour à tour.

« Mes cadeaux préférés sont des peintures réalisées par des enfants. Des filles et des garçons. Certaines personnes prétendent que les femmes ne savent pas peindre, mais Angelika Kauffmann était une excellente artiste, et la peinture fait un bon passe-temps pour les femmes. »

Je ne sais pas du tout qui est Angelika Kauffmann. À ce moment-là, il pète vraiment très fort et, cette fois, il n'y a plus de doute possible, même si tout le monde fait semblant de n'avoir rien remarqué. Je vois bien que Helmut est sur le point de rigoler, alors je lui donne un méchant coup de coude.

« Les enfants ont aussi préparé une chanson, *mein Führer*, reprend Maman. Ils l'ont répétée exprès pour votre anniversaire.

— Fantastique ! J'ai hâte d'entendre ça. »

On se serre les uns contre les autres et Maman se place devant nous pour nous diriger.

*La nuit est si calme*
*Seul près du ruisseau*
*Le rossignol chante*
*Sa triste mélopée*
*Qui résonne dans la vallée*

Il y a quelques canards, ce n'est sans doute pas aussi joli que le chant du rossignol, mais ce n'est pas trop mal. Oncle Adi applaudit d'une main sur sa cuisse, qui semble trembler en permanence. Il tient de l'autre le bas de sa veste.

« Magnifique ! Magnifique ! Chantez-m'en une autre ! »

Notre deuxième chanson, « Sais-tu combien il y a d'étoiles ? », est bien plus longue et se termine ainsi :

*Sais-tu combien d'enfants*
*Se lèvent heureux tous les matins ?*
*Peux-tu compter leurs belles voix,*
*Qui chantent leur douce mélodie ?*
*Dieu entend chacune d'entre elles,*
*Et Se réjouit de leur beauté.*

*Et Il aime chacune d'entre elles*
*Et Il aime chacune d'entre elles.*

Oncle Adi applaudit sur sa cuisse avec enthousiasme. Je crois d'abord que c'est parce qu'il a aimé notre chanson, mais je vois alors que Mlle Manziarly vient de faire son apparition avec un énorme plateau garni de gâteaux. Une fille de cuisine la suit avec un grand pot de chocolat chaud et une théière fumante.

« Est-ce qu'il y a du gâteau au chocolat pour les enfants ? Ils méritent une récompense pour leurs jolies chansons ! »

Je n'ai jamais vu personne manger son gâteau aussi vite qu'oncle Adi. Il n'arrête pas d'en fourrer dans sa bouche, faisant pleuvoir des miettes sur ses genoux. En le voyant faire, Heide se sert une deuxième part de celui au chocolat et l'enfourne tout entière. Je crois que Papa va la gronder et la faire sortir, mais il lui chuchote juste quelque chose à l'oreille. Heide regarde le sol et je vois bien qu'elle essaie d'avaler sans bouger le visage, car elle doit rester parfaitement immobile pour s'empêcher de pleurer.

Soudain, Helmut saute en l'air, manquant renverser son chocolat chaud.

« On-on-oncle Führer, j'ai écrit un discours exprès pour ton anniversaire. » Il sort une feuille de papier de la poche de son short :

« Le Führer est l'homme du siècle. Il reste sûr de lui malgré la douleur et la souffrance. Il nous montre la voie de la victoire. Il ne trahira ni sa foi ni ses idéaux. Il suivra toujours et sans le moindre doute le chemin menant à son objectif ! »

Je n'arrive pas à croire que Helmut prétende avoir écrit ce texte lui-même. On a tous écouté à la radio le discours que Papa a prononcé quelques jours plus tôt pour l'anniversaire d'oncle Führer.

« Arrête de mentir, Helmut ! Tu as recopié sur Papa ! »

Je refuse de le laisser s'en sortir comme ça.

Tous les adultes éclatent de rire, ce à quoi je ne m'attendais pas, mais ils font encore plus de bruit quand Helmut réplique :

« Non, c'est Papa qui a recopié sur moi ! »

Puis Papa suggère à Hedda de réciter sa poésie :

*La lumière reviendra,*
*Après ces jours très sombres,*
*D'un doute il n'y a pas l'ombre.*
*Le soleil de nouveau se lèvera.*

Elle la récite tout doucement. Après une courte hésitation, tout le monde applaudit. Pendant une seconde, j'ai l'impression que tata Eva va se mettre à pleurer, mais elle se lève d'un bond :

« Je sais ! Allons chercher les petites saucisses ! » J'ai cru qu'elle avait encore faim, mais elle parlait des chiots. Moi, Hilde et Helmut l'accompagnons. Je reviens avec Foxl et Wolf ; je tends Wolf à oncle Adi, mais je garde Foxl pour lui faire des câlins.

« Maintenant, les enfants, c'est au tour de ma Blondi de chanter ! » dit oncle Adi.

43

Il la fait démarrer en poussant un long cri, comme un loup. Heide me prend la main. Blondi se joint à lui avec un hurlement très aigu.

Puis oncle Adi pousse un grognement plus doux et plus bas, presque comme un grondement, et Blondi l'imite. Heide me serre la main plus fort. Tous les autres rient.

« Gentille fille, Blondi, gentille fille. »

Oncle Adi lève trois doigts et Blondi se tait tout en s'asseyant et en remuant la queue sur le sol ; oncle Adi la récompense en lui donnant trois petits bouts de gâteau. Pas celui au chocolat – il dit que le chocolat est mauvais pour les chiens –, mais du gâteau de Savoie. Puis on en donne un morceau minuscule à chacun des chiots.

« Vous voyez, je suis vraiment le Dr Dolittle, j'arrive à parler aux animaux. Vous avez déjà vu Blondi imiter une écolière ?

— Non, montre-nous, montre-nous ! » s'exclame Heide.

Je crois qu'elle est vraiment soulagée que l'imitation du loup soit terminée. Et donc oncle Führer tapote le bras du sofa et Blondi se dresse sur ses pattes arrière et les pose sur le bord du canapé ; puis elle le regarde en inclinant la tête sur le côté avec un air très, très obéissant.

« Voilà une bonne élève, dit oncle Adi en lui tapotant sur la tête. Comme toi, Helga. Je suis sûr que tu es une bonne élève. Qu'est-ce que tu as appris à l'école ? »

Je ne sais pas trop quoi répondre, car je n'ai pas pu y aller depuis des lustres, mais je ne lui dis pas ça parce que je ne veux pas lui rappeler qu'on est en guerre et tout, alors j'essaie de me

44

souvenir d'une chose qu'on aurait faite assez récemment.

« J'ai eu des leçons de géographie, oncle Führer.

— Et qu'est-ce que tu as appris ?

— Que le Reich était autrefois bien plus grand, mais qu'on nous a volé des terres après la Première Guerre mondiale, et que nous devons maintenant reconquérir nos territoires pour que chaque Allemand puisse avoir son espace vital. » Je me rends compte en disant ça que je n'aurais pas pu être plus maladroite, car les Russes sont justement en train d'envahir ces territoires ; mais une fois lancée, je ne sais plus comment m'arrêter. Par chance, oncle Führer n'a pas l'air de s'en offusquer.

« Très bien, mon Helga, très bien. Et est-ce que tu es contente de tes professeurs ?

— Oui, oncle Führer. » Ce n'est pas tout à fait vrai, surtout depuis le début de la guerre, parce qu'ils ont rappelé plein de retraités, mais je trouve que c'était la meilleure réponse à donner.

« Eh bien, tu es une petite fille très chanceuse. Mes professeurs étaient atroces. Je les haïssais. Tout ce que je sais, je l'ai appris tout seul. J'ai rarement rencontré un professeur qui ne soit pas un idiot. Bien sûr, certains étaient juifs, à mon époque. Au moins, tu n'as pas eu à endurer ça. À Steyr, notre professeur de sciences était juif. Nous l'avons enfermé dans son laboratoire. Comme il a braillé ! Presque aussi fort que Blondi ! Il n'avait pas la moindre autorité sur nous. Et nous n'avions aucun respect pour lui... »

Oncle Adi semble perdu dans ses pensées quand Maman nous fait discrètement sortir de la pièce. Tata Eva reste avec lui sur le sofa, sans se départir de son joli sourire.

Le couloir du pré-bunker est plein de soldats. L'un d'eux ne doit avoir qu'un an ou deux de plus que moi. Je ne l'aperçois que quelques instants parce qu'il court dans l'autre direction, mais il a un beau visage. Certains soldats surveillent les portes, mais la plupart sont juste assis de loin en loin. Ils fument tous, ce qui est assez étonnant parce que oncle Führer déteste la cigarette et qu'il n'autorise jamais personne à fumer en sa présence. Quand on était au Berghof, Maman sortait toujours en secret parce qu'il se mettait en rogne quand quelqu'un fumait, même dans les jardins. J'imagine qu'il doit avoir d'autres soucis en ce moment. Bref, tout ça pour dire que les couloirs empestent la fumée, et que même nos vêtements sentent. Mais ce n'est pas la pire odeur : la plupart des soldats puent la bière et le vieillard.

C'est bizarre, parce que j'ai toujours cru que les soldats étaient des personnes très élégantes – même ceux qu'on voyait à l'hôpital militaire, à qui il manquait des bouts de corps, portaient des uniformes très chics. Je me suis toujours imaginé les soldats avec des boutons brillants, des bottes brillantes, des médailles brillantes et un visage rayonnant. Au château de Lanke, le *Hauptsturmführer* Schwägermann polissait sans arrêt ses bottes et ses boutons. Mais aujourd'hui, il est venu nous voir et il était tout sale, il lui manquait des boutons et il n'était même pas rasé. Ça n'a pas semblé déranger Hedda : elle veut l'épouser parce qu'elle adore son œil de verre. Elle trouve que c'est extra qu'il puisse le retirer et le remettre.

Un seul homme fait exception à la mauvaise allure générale : l'*Obergruppenführer* Fegelein, ou oncle Hermann, ainsi que nous l'a présenté tata Eva dans le couloir. Il est marié à sa sœur Gretl, ce qui ne fait pas exactement de lui notre oncle. Il est d'une propreté impeccable. Ses cheveux sont parfaitement gominés, ses boutons lustrés, et il sent fort l'eau de Cologne. Il nous a montré son pistolet – doré avec une poignée en nacre –, qui ressemble plus à un bijou qu'à une arme. Pour être honnête, je ne l'aime pas trop. Il a le menton en arrière et un grand front lunaire. Gretl devrait accoucher d'un jour à l'autre.

Au moment du coucher, je demande discrètement des nouvelles des combats à Mme Junge. Elle n'en a aucune. Je lui demande alors combien de temps elle pense qu'on va rester ici, elle me dit qu'elle n'en a aucune idée. Elle me caresse les cheveux, et elle a l'air si triste que je comprends tout de suite qu'elle me cache quelque chose.

J'ai toujours un nœud à l'estomac – et l'impression d'étouffer. L'air est lourd, pas uniquement parce que le bunker est mal aéré – tout le monde ressent cette lourdeur. Je me suis rendu compte au goûter que, malgré la bonne humeur ambiante, tout le monde était très fatigué. Ça se voit encore plus chez Mme Junge et chez Liesl. Elles ne masquent pas les poches qu'elles ont sous les yeux sous de la poudre et du fond de teint, contrairement à tata Eva ou Maman.

Ça fait maintenant des heures que je suis allongée dans le noir. Le couloir est plus calme, ce soir. J'entends des chants et des rires – je crois que ça vient des soldats –, mais moins de bruits de pas que la nuit dernière.

Cette fois, j'ai envie de rêver à Horst Caspar, de l'imaginer venir nous sauver comme il le fait dans le film *Kolberg*. Il trouverait un tunnel secret qui nous permettrait de quitter Berlin. Je serais la dernière à y descendre. Il me prendrait par la main et nous courrions ensemble dans le long corridor jusqu'à émerger sous un grand soleil.

# 1938

Nous prenons le petit déjeuner sur Schwanenwerder. Papa est assis en bout de table et
ouvre son courrier. Soudain, il pousse un cri de
joie et tape dans ses mains.

« Enfin ! Le vieux Juif accepte finalement de
céder. Je savais que nos amis de la police sau-
raient lui faire entendre raison. Ça va être fantastique. Nous aurons la plus vaste propriété de
Schwanenwerder. Le jardin sera deux fois plus
grand qu'aujourd'hui. Nous pourrons avoir
plus de chambres d'amis, de salles de jeux, une
vraie salle de cinéma.

— Quoi ? »

Maman me reprend.

« On ne dit pas "quoi", Helga, ce n'est pas poli.

— Pardon, Papa. Qu'est-ce que tu voulais dire ?

— J'ai acheté la maison d'à côté. Et pour une
bouchée de pain. Le vieux Juif a d'abord essayé
de nous escroquer, mais il a changé d'avis.

— D'à côté ?

— Enfin quoi, Helga ? Tu n'es pas bien réveillée ce matin ? À moins que Helmut et toi n'ayez échangé vos cerveaux durant la nuit ? Oui, la maison d'à côté.

— Mais que va-t-il arriver aux gens qui y habitent ? »

Je fais de mon mieux pour empêcher ma voix de trembler.

« Qu'est-ce que ça peut faire ? Ils iront vivre en France, ou ailleurs. N'importe où, pourvu que ce soit loin d'ici. Ils n'étaient pas fréquentables. Ils n'auraient jamais dû avoir le droit de s'installer ici. Tout leur argent, ils l'ont volé au peuple allemand. Ils peuvent s'estimer heureux d'obtenir un *pfennig* pour la vente. À présent, Schwanenwerder va être complètement débarrassée des Juifs. Les Speer ont obtenu la maison des Goldschmidt-Rothschild. Vous aurez bientôt plein de compagnons de jeu. À propos, ma chérie, est-ce que je t'ai dit qu'Albert et Margret Speer venaient visiter leur nouvelle acquisition cet après-midi ? Je leur ai proposé de passer prendre le café. Je ne sais pas du tout s'ils viendront avec les enfants. »

Je n'arrive pas à finir mon petit déjeuner. Je laisse discrètement tomber ma saucisse sous la table pour que Blitz, notre petit chien, puisse se régaler. Il faut que je trouve Reggie.

« Maman, pourrais-je sortir de table, s'il te plaît ?

— Oui, Helga, mais seulement si tu as fini.

— Est-ce que je peux aller nourrir les poules ?

— Oui, demande à la cuisinière de te donner les restes et emmène Hilde. »

Dès que nous sommes dehors, j'attrape ma sœur par la main, je lui fais jurer le secret – je ne peux pas trop lui faire confiance, mais je dois courir le risque – et nous filons ensemble jusqu'aux buissons où j'ai l'habitude de rejoindre Reggie. Nous nous allongeons dans l'herbe pour attendre. L'herbe est humide et, bientôt, ça commence à me gratter de partout. Hilde se plaint du froid. Mon ventre se met à gargouiller, mais je n'ai toujours pas vu Reggie ni personne. Nous retournons à la maison en traînant les pieds. Papa est sur les marches.

« Où étiez-vous ?

— On donnait à manger aux poules.

— Tu es une menteuse, Helga Goebbels. Tu n'as pas donné à manger aux poules. Tu ne t'es même pas approchée du poulailler. As-tu la moindre idée du souci que tu as causé à ta mère ? Où étiez-vous ?

— Dans le jardin, Papa. Pardon, Papa.

— Hilde. Arrête de pleurnicher. Va à la nursery. Helga, tu viens avec moi ! »

Il m'emmène au salon.

« Enlève ton manteau. »

Il s'assied.

« Enlève ton pantalon. Viens ici et allonge-toi sur mes genoux. Cinq tapes sur les fesses pour une menteuse de cinq ans. Si je te prends à nous mentir encore, à ta mère ou à moi, tu en auras le double. Maintenant, va donc te débarbouiller. Les Speer seront là pour le goûter. Tu ne voudrais pas qu'ils te voient chigner comme un bébé ? »

Je n'ai plus jamais revu Reggie. Papa a emménagé dans sa maison. Il l'appelle sa citadelle. Maman ne veut plus le laisser revenir chez nous. Il téléphone souvent, mais elle refuse de nous laisser lui parler. Dès que j'en ai l'occasion, je vais le chercher à l'endroit où j'avais l'habitude de retrouver Reggie, mais il n'y est jamais.

Le secrétaire d'État Hanke, du bureau de Papa, vient aider Maman tous les jours. Elle l'appelle son roc. Ils font du cheval ensemble. La cuisinière leur prépare un pique-nique, et ils partent toute la journée.

Papa me téléphone pour mon anniversaire. Maman m'autorise à lui parler pendant une minute. Il pleure à l'autre bout du fil.

« S'il te plaît, demande à Maman de me laisser revenir. Dis-lui que tout va s'arranger. »

Je trouve le courage de lui en parler le lendemain, mais ça ne change rien. Elle m'adresse l'un de ses regards réprobateurs.

« Je crains que ton Papa n'ait été trop vilain pour rentrer à la maison. »

Je ne lui ai jamais reposé la question, mais soudain, par un après-midi pluvieux, elle nous dit de mettre nos manteaux parce que Nounou – je ne me souviens pas de quelle nounou il s'agissait, je me rappelle juste son imperméable en gabardine noire et son mouchoir répugnant – va nous emmener – moi, Hilde et Helmut – le voir à la citadelle. Nous avons le droit d'y rester une demi-heure.

Nous sommes tellement excités que, une fois sur place, nous lui sautons tous dessus, et nous tombons à la renverse sur le sofa avec nos bottes de caoutchouc et nos imperméables. Je ne m'étais pas rendu compte qu'il me manquait autant et qu'il était si maigre. Je lui chuchote à l'oreille, pour que les autres ne puissent pas entendre, qu'il devrait dire un gros pardon à Maman et lui promettre d'être sage. J'adore son odeur de papa. La demi-heure s'écoule en un éclair et Nounou revient nous chercher. Nous n'avons pas envie de rentrer. Hilde se met à pleurer et nous l'imitons tous, même Papa. Son nez devient tout rouge et commence à couler. Comme il ne trouve pas de mouchoir dans sa poche, Nounou lui tend le sien et il souffle très fort dedans avant de le lui rendre. Et alors que nous sommes sur les marches devant notre maison, Nounou le ressort pour nous essuyer le visage.

Je me fais alors la promesse de ne plus jamais être vilaine.

*
* *

Maman et Papa se remettent toujours ensemble quand ils reçoivent une invitation d'oncle Führer. Comme les cigarettes, les disputes sont interdites en présence du Führer. Surtout les disputes conjugales. Oncle Führer est farouchement opposé au divorce. Maman dit que c'est parce qu'il n'a jamais été marié. D'après elle, ceux qui n'ont jamais été mariés ne peuvent pas savoir combien c'est difficile. Le père de Harald et elle ont divorcé parce qu'elle s'était mariée trop jeune et qu'elle ne savait pas dans quoi elle s'engageait. Elle dit que Papa et elle ne divorceront jamais, mais qu'ils doivent parfois vivre séparément quand ça devient trop délicat. Papa a une chambre à côté de son bureau, à Berlin, où il peut dormir quand c'est compliqué. Un soir, alors qu'il dormait à son bureau depuis un bon moment, il est venu nous chercher après le travail pour nous emmener, Maman, Hilde et moi, à une fête en l'honneur d'oncle Führer. Hilde et moi étions tout excitées parce que nous n'avions plus vu Papa depuis des siècles, mais aussi parce que nous allions avoir le droit de veiller tard pour voir une retraite aux flambeaux. Hilde et moi nous sommes assises sur le lit de Maman pour la regarder se préparer. Elle était tellement belle ! On aurait dit une sirène avec sa longue robe chatoyante et ses cheveux qui formaient des vagues autour de son visage. Je l'ai aidée à attacher son collier et elle a épinglé une cascade de fleurs de soie à sa tenue. Papa a applaudi en la voyant, et je crois qu'elle n'a pas arrêté de sourire de toute la soirée.

Nous sommes tous rassemblés sur les balcons pour regarder le défilé. Les enfants devant. Il fait nuit noire. Nous entendons la fanfare avant de voir quoi que ce soit. Nous tendons alors le cou pour apercevoir les premiers flambeaux. On dirait qu'une rivière d'étoiles s'écoule dans la rue – comme si nous avions le ciel à nos pieds. Bientôt, des étoiles brillent des deux côtés à perte de vue. Oncle Führer me prend la main.

« Ma petite Allemande préférée », dit-il en la serrant fermement.

Je suis si fière. Il me préfère encore à Hilde !

Soudain, il y a un grand boum, et des feux d'artifice illuminent le ciel. Des lumières argentées, dorées, rouges et vertes. Tout le monde les acclame. Oncle Führer glisse quelques mots à l'oreille de mon père. Puis Papa réclame le silence en poussant un cri tonitruant, avant de porter un toast en l'honneur de M. Speer, qui a organisé le feu d'artifice. Sa voix résonne dans toute la pièce, et M. Speer garde les yeux baissés en souriant. Puis la fanfare joue les premières notes de « *Deutschland, Deutschland über alles*[1] » et nous nous mettons tous à chanter à tue-tête. Nous sommes le plus grand pays du monde ! Oncle Führer est hilare. Tout le monde est content. Maman et Papa sont côte à côte, tout sourire, le visage rose de bonheur.

Je me rappelle avoir grimpé les marches au pas ce soir-là, en allant me coucher, comme si je portais mon propre flambeau et que j'étais résolue à le garder allumé en mon for intérieur pour le restant de mes jours. Papa est rentré avec nous et a dormi à la maison.

---

1. « L'Allemagne, l'Allemagne par-dessus tout. » (*N.d.T.*)

# Troisième jour dans le bunker

## Mardi 24 avril 1945

Je me réveille au milieu de la nuit. Très brusquement. Je ne sais pas ce qui m'a tirée du sommeil. Tout est calme, en dehors du souffle régulier des petits et du ronronnement de la ventilation. Pas de bruits de pas, de détonations ou de coups de feu. Comme si j'avais fait un cauchemar dont j'aurais tout oublié. Juste un grand vide noir. Je n'ose pas m'asseoir. Je voudrais appeler Maman, mais j'ai peur de parler, au cas où des Russes se seraient introduits dans le bunker et attendraient silencieusement de donner l'assaut. Je reste parfaitement immobile pour que personne ne sache que je suis là, essayant de respirer par le nez et sans remuer la poitrine. Il me semble entendre quelqu'un devant notre porte.

J'incline la tête pour voir si je peux distinguer une ombre dans le rai de lumière qui filtre par en dessous, mais il n'y a rien.

J'ai dû finir par me rendormir, car je suis de nouveau réveillée, cette fois-ci par une violente explosion. Des morceaux de plâtre me tombent sur la figure. Nous allumons la lumière, mais personne ne vient. Comme il est 7 h 30, nous nous habillons en silence ; même Helmut ne dit pas un mot. Puis nous attendons que Mme Junge vienne nous chercher pour le petit déjeuner.

Tout est toujours pareil ici, qu'on soit en pleine journée ou au milieu de la nuit ; et si l'horloge s'était déréglée sans qu'on s'en rende compte ? Il pourrait tout aussi bien être 10 h 30, et si ça se trouve personne n'est venu nous chercher parce que tout le monde est mort pendant la nuit. J'ai encore la sensation d'avoir un gros caillou sous les côtes qui empêche l'air de circuler plus loin que le fond de ma gorge. Mais je n'en montre rien aux petits.

Je me sens un peu mieux quand Mme Junge arrive enfin et nous emmène manger. Ensuite, nous ouvrons nos livres et installons nos pots de peinture sur la table. Les petites ont apporté leur nounours et Helmut ses soldats et ses voitures. J'essaie de peindre un ciel bleu délavé, mais tous ces amusements me semblent futiles. Je n'arrête pas de me poser la même question, encore et encore, une question à laquelle personne ne veut répondre et que personne ne veut aborder : QU'EST-CE QUI VA NOUS ARRIVER ? Je dis à Mme Junge que j'ai mal à la tête, et je retourne toute seule dans notre chambre. J'étouffe mon cri dans l'oreiller.

Je suis allongée sur mon lit, à serrer Elsa très fort contre moi – son vieux visage a toujours l'air si triste et réconfortant ; elle a de petites fissures autour des yeux et de la bouche qui la rendent à mon goût plus belle que toutes les poupées neuves – quand Liesl vient ramasser nos vêtements sales pour les laver. Elle se plie en deux pour remplir son panier, si bien que je pense qu'elle ne m'a pas remarquée, recroquevillée sur mon lit, mais elle vient alors me caresser le dos.

« On redresse le menton ! » me dit-elle.

J'ai déjà entendu des soldats dire la même chose, même s'ils ajoutent généralement : « Tant qu'on en a encore un ! »

« À mon avis, tu as besoin d'un câlin. »

Je descends sur le lit du bas et nous nous asseyons tout près l'une de l'autre, en penchant la tête parce qu'on ne peut pas se tenir droites. Liesl est douce et chaude.

« Allons, allons. Ne t'en fais pas. Nous allons tous veiller les uns sur les autres. Tant qu'il y a de la vie, il y a de l'espoir. »

Je ne veux pas pleurer, mais je ne peux pas m'en empêcher. Liesl me tend un mouchoir propre. Sa présence chaleureuse à mon côté me redonne du courage.

« À ton avis, qu'est-ce qui va se passer si on perd la guerre ?

— Ne sois pas bête. Nous n'allons pas perdre la guerre. Essuie tes yeux.

— Mais si on perdait quand même ? Tu n'y penses jamais ? »

Elle hésite.

« Bien sûr que si, j'y pense. C'est naturel de se faire du souci, mais tu risques de devenir folle si tu perds espoir.

— Qu'est-ce que tu voudras faire en sortant d'ici ?

— Rentrer chez moi. Je veux revoir mes parents. Dormir dans mon propre lit. Ouvrir mes rideaux le matin et voir la cour de ferme. Je veux entendre le chant du coq, les aboiements des chiens, boire du lait au pis de la vache, revoir Peter... »

Elle parle d'une voix douce et rêveuse, mais ces derniers mots sortent bizarrement. Je vois qu'elle a les larmes aux yeux. Je ne sais pas quoi faire, alors je lui frotte simplement le dos de la main jusqu'à ce que ses sanglots s'arrêtent. Elle me lâche un instant, le temps de s'essuyer rapidement la figure. Au moins, elle ne risque pas de faire couler son maquillage comme Maman. Quand Maman pleure, elle se tamponne du bout du doigt sous chaque œil pour éviter d'avoir des coulures sur les joues.

« C'est qui, Peter ?

— Mon fiancé.

— Il est fermier ?

— Non, non, non. Il est libraire. Enfin, il travaille pour son père, qui tient une librairie. Il habite dans une petite ville à quelques kilomètres de la ferme de mes parents. Mais il est dans l'armée, en ce moment.

— Est-ce qu'il est ici, à Berlin ? » Je ne fais pas exprès de la refaire pleurer.

« Non, je ne sais pas exactement où il se trouve. C'est un peu difficile, avec tata Eva. On doit déménager sans arrêt. Nos déplacements sont secrets. Les lettres ne nous arrivent pas toujours. Je n'ai plus eu de nouvelles de lui depuis très longtemps. Il a été envoyé sur le front de l'Est.

— Tu as une photo de lui ? »

Elle en a une. Elle était rangée dans une poche de sa robe-chemisier, de sorte qu'elle est un peu chaude et toute froissée. Il n'est pas en uniforme, mais en costume. Son visage est sévère. Il a la raie sur le côté et ses cheveux bruns lui tombent sur un œil. Il a l'air intelligent, sûr de lui et très distant.

« Il est vraiment mignon », dis-je.

Liesl hoche la tête et se redresse quelque peu.

« Je dois m'y remettre. La lessive ne va pas se faire toute seule. Mais ça m'a fait du bien de pleurer. Merci, Helga. S'il te plaît, ne dis pas à tante Eva que tu m'as vue dans cet état. Elle préfère que tout le monde reste joyeux. Viens, on va voir ce que font les autres. »

Nous retournons jusqu'à la table ronde où Mme Junge et les autres font un jeu de gages. Papa et Maman déjeunent avec nous. Enfin, Papa mange, mais Maman n'a pas faim. On nous sert un bouillon léger, presque transparent, et de la purée de pommes de terre. Bizarre, comme mélange. Apparemment, la purée est un autre des plats préférés d'oncle Adi. Ça ne m'étonne pas trop, parce que Mlle Manziarly fait de l'excellente purée. Il n'y a pas de morceaux. Même Holde en mange. En dessert, on a droit à des pêches au sirop. Mais elles ne sont pas aussi bonnes que celles de la serre de Schwanenwerder.

Nous sommes sur le point d'aller faire notre sieste quand tata Eva arrive en courant dans l'escalier.

« Mes chéris ! Ça vous plairait de prendre un bain ? Oncle Adi est en réunion, on ne le dérangera pas. Vous pouvez tous vous baigner dans notre salle de bains ! Helga, ma chérie, tu peux aider tes frère et sœurs à trouver leur serviette ? »

Tata Eva et oncle Adi disposent de la seule salle de bains du bunker, et d'habitude personne d'autre qu'eux n'a le droit de l'utiliser. Elle n'est pas particulièrement luxueuse, avec son sol en pierre, ses murs en béton et l'ampoule nue qui pend au milieu du plafond. En plus, elle sent mauvais. Un mélange de gazole et d'humidité, je dirais. Pas le genre de salle de bains auquel on s'attendrait pour tata Eva, même si, bien sûr, elle l'a bien arrangée. Il y a une bougie, et une étagère couverte de flacons de parfum, de poudres et de sels de bain. Et puis son magnifique peignoir en dentelle est suspendu à la porte. À notre arrivée, elle vaporise un peu d'eau de Cologne dans la pièce. L'eau du robinet coule lentement et est légèrement marron, mais elle y jette quelques poignées de sels de bain pour dissimuler un peu la couleur. Le plus important est que l'eau est délicieusement chaude.

« Allez, les enfants. Vous allez devoir vous serrer un peu. »

Je dois faire une tête bizarre, parce que tata Eva me jette un coup d'œil avant de changer d'avis.

« En fait, non, Helga va se laver d'abord, puis Holde et Hilde partageront la baignoire, puis Hedda et Heide, et Helmut pourra se laver seul. »

C'est un vrai bonheur de se laisser glisser dans l'eau chaude et de tout oublier : la poussière, les gravats et l'odeur des soldats. Je ferme les yeux et plonge la tête sous l'eau. Le paradis. Mais un paradis de courte durée, car je sais que les autres attendent la place tant que l'eau est chaude. Tata Eva a fait chauffer nos serviettes sur les tuyaux, et je reste assise un bon moment emmitouflée dans la mienne, à profiter de la tiédeur. La plupart du temps, j'ai un peu froid. Tata Eva dit que le bunker doit toujours être frais parce que oncle Führer déteste avoir chaud. Apparemment, il réfléchit mieux quand il fait froid. Moi, c'est tout le contraire.

Liesl nous prépare des vêtements propres, et je m'habille pendant que tata Eva « répare » son maquillage, comme elle dit. Liesl me sèche et me brosse les cheveux, très doucement, puis j'ai le droit de faire un câlin à Foxl.

Une fois tout le monde propre et habillé, il est l'heure du goûter avec oncle Adi. Nous nous rendons dans son salon avec les chiens. Il y est déjà, assis sur le sofa, et il tapote ses genoux pour inviter Heide à monter.

« Allez, chante-moi une jolie chanson, Heide. »

Je n'arrive pas à croire qu'elle soit aussi peu timide. Elle se met immédiatement à sautiller en entonnant « À dada sur mon bidet », ce qui fait rire oncle Adi. Mlle Manziarly a déjà disposé des gâteaux, du chocolat chaud et des sandwichs.

Au fromage et aux cornichons. Il n'y touche pas. Par contre, il prend trois énormes parts de gâteau au chocolat, qu'il avale l'une après l'autre, sans jamais s'arrêter, sans non plus parler, sauf pour en demander encore. Quand il en a fini, il boit son chocolat chaud d'un trait. Puis il désigne une peinture sur le mur.

« Sais-tu de qui il s'agit, Helga ? »

Je déteste quand les adultes font ça. Même si on joue souvent aux devinettes avec Papa, je suis toujours surprise quand on me pose une question de but en blanc et en public. Je me sens soudain complètement stupide et j'ai l'impression que la réponse qui me vient à l'esprit doit être fausse.

Le portrait représente un homme fatigué et nerveux aux cheveux blancs bouclés, avec une grosse étoile argentée épinglée à sa veste. À bien y réfléchir, il donne l'impression d'avoir été pris de court au milieu du salon par une horrible question. Je crois savoir qui c'est, parce que Papa a un portrait de lui dans son bureau ; mais je ne veux pas avoir l'air trop sûre de moi, au cas où je me trompe complètement.

« Frédéric le Grand ? »

J'essaie de répondre d'une voix à la fois confiante et curieuse, mais je n'y arrive pas trop.

« Comme tu es intelligente ! » (Ouf.) « Frédéric le Grand, et le bien nommé. Il était l'homme le plus remarquable de son siècle. Il comprenait que chaque victoire nécessitait une grande lutte, de grands sacrifices. Il a perdu toutes ses dents, tu sais ? La tension d'avoir dû affronter l'armée russe. Nos vieux ennemis.

— Oncle Adi, dit Helmut – qui ne se sent apparemment pas gêné de l'interrompre –, dans combien de temps on va battre les Russes ?

— Très bientôt ! s'exclame tata Eva sans laisser à oncle Adi l'occasion de répondre.

— Et quand vont arriver les nouveaux soldats ? »

Maman lui pose la main sur l'épaule.

« Helmut, mon chéri, n'embête pas oncle Adi avec tes questions. C'est son seul moment de repos de la journée.

— Juste une dernière : quand vas-tu utiliser les armes miraculeuses ? »

Cette fois, c'est Papa qui dit :

« Au moment opportun, Helmut.

— Oncle Adi, insiste mon frère, c'est quoi ton arme préférée ? Moi, c'est la fusée Amerika, qui va s'envoler dans la stratosphère et s'écraser sur New York. Quand est-ce qu'elle va décoller ? » Il imite alors le bruit d'une énorme fusée venant s'abattre sur une ville dans une grande explosion.

Oncle Adi éclate de rire, sans pour autant répondre à la question de Helmut.

« Tu es un soldat-né, mon garçon, tu as ça dans le sang. Ce que les gens doivent comprendre, c'est que le Reich est comme un patient atteint d'une maladie grave. Le patient doit prendre des médicaments. Parfois, ils ne sont pas agréables ; il faut du temps pour qu'ils agissent. Parfois, le patient a l'impression que son état empire. Mais il doit attendre et faire confiance à la médecine. Le Reich va se remettre. Et il sera alors plus fort que jamais. Tu comprends ?

— Oui, oncle Führer.

— Bon garçon. J'aimerais que mes généraux soient tous aussi malins que toi. »

Helmut rayonne. J'ignore s'il a vraiment compris ; moi non, en tout cas, mais oncle Adi n'est pas le genre de personne que l'on aime interroger, parce qu'il dit les choses avec une telle assurance qu'on a toujours l'impression d'être bête quand on ne comprend pas.

Après le goûter, il nous reste encore environ une heure avant le coucher, et nous sommes donc installés dans le couloir du bunker supérieur à lire en essayant de ne gêner personne quand nous apercevons M. Speer.

Je l'aime plutôt bien, mais il m'intimide. Je crois que c'est à cause de ses sourcils : ils sont si sombres et si épais que c'est à peine croyable. Mais en le voyant à cet instant, je me sens soudain en sécurité et je reprends espoir. Avant notre arrivée dans le bunker, j'ai entendu des domestiques dire que M. Speer a essayé de convaincre Papa et Maman de nous cacher des Russes en nous envoyant sur une péniche. Peut-être qu'il est venu nous chercher ? Il nous salue avec un petit sourire.

« Qu'est-ce que vous faites ? » dit-il en glissant les mains dans les poches de son pantalon. J'ai cru qu'il y cachait des bonbons, mais il n'en sort pas.

Je ne sais pas quoi répondre, parce qu'il voit bien qu'on lit une histoire, mais Heide lui parle de notre goûter avec oncle Adi, de notre bain et du gâteau au chocolat, et bla, bla, bla.

Ça ne fait qu'une dizaine de jours qu'on n'a pas vu M. Speer. Il est venu voir Maman sur Schwanenwerder. On jouait dans le jardin quand il est arrivé, et il est resté un peu pour discuter avec nous. Nous lui avons montré les crocus et les jonquilles. Il nous a dit que, quand il serait vieux, il passerait tout son temps à jardiner. Et puis il est rentré voir Maman, et il est resté avec elle peut-être une heure, une éternité en tout cas, avant de repartir à toute vitesse. Sa voiture l'attendait, et il a sauté à l'intérieur en nous adressant un léger signe de la main, puis il a disparu. J'ai eu l'impression qu'il était en colère. Le lendemain, sa secrétaire, Mlle Kempf, est venue à son tour. Nous ne l'avions encore jamais rencontrée. Elle a pris le goûter avec nous, puis elle s'est isolée avec Maman dans le salon. Quand elle est ressortie, j'ai bien vu qu'elle avait pleuré. Plus tard, j'ai demandé à Maman pourquoi Mlle Kempf était triste, et elle m'a répondu que ça ne me regardait pas. Peut-être qu'elle avait un plan d'évasion, je n'en suis pas sûre.

M. Speer n'a plus du tout l'air fâché. Mais il semble fatigué. Les ampoules nues donnent à la peau un aspect gris jaunâtre.

« Est-ce que Grete est ici ? » demande Hedda. Grete Speer est l'une de ses meilleures amies. Elles jouaient souvent ensemble avant que les Speer vendent leur maison sur Schwanenwerder.

« Non, j'ai bien peur que non, je suis venu tout seul.

— Elle est où ? insiste Hedda.

« — Oh, dans les montagnes. Ils y sont tous, avec leur maman. Alors, est-ce que vous avez des dessins à me montrer ?

— Est-ce qu'ils vont venir ici ?

— Ah, non. Non. Je ne pense pas. Le petit Ernst ne se porte pas très bien, alors ils ne peuvent pas trop se déplacer. Est-ce que vous avez fait de jolis dessins de jonquilles ? »

Je vais chercher notre pile de dessins et de peintures dans la chambre, mais le temps que je revienne, M. Speer est déjà parti. Apparemment, il avait une réunion avec oncle Führer. Je ne l'ai pas revu, mais dans la soirée, je l'entends discuter avec Papa devant notre porte.

« J'ai dû venir, dit-il. Il fallait que je le voie une dernière fois. Il a l'air fatigué. Tout est fini pour lui. Mais pas forcément pour vous. Pour votre famille. Vous pouvez encore partir.

— Nous resterons avec notre Führer jusqu'à la fin, réplique Papa.

— J'aimerais parler à Magda.

— Je comprends. Je vous accompagne.

— Vraiment, c'est inutile.

— Si, si, j'insiste. »

Je les entends frapper à la porte de Maman.

Un peu plus tard, Papa vient nous voir. Il nous dit que M. Speer repart dès cette nuit.

« On peut partir avec lui ? demandé-je.

— Non, Helga. On va rester ici jusqu'à la fin de la guerre. C'est le meilleur endroit pour nous. »

# 1939

Nous sommes à Berlin. Nounou nous a mis au lit et Maman nous a fait notre baiser de bonne nuit avant d'éteindre la lumière. Soudain, des portes claquent. Maman s'écrie : « Ne sois pas ridicule, ils dorment. » Papa entre en trombe dans la chambre. « Helga, réveille-toi ! J'ai quelque chose à te montrer. » Il me prend dans ses bras. Son manteau est encore frais de l'air extérieur. Il m'emmène en bas dans ma couverture, me dépose sur le sofa et retourne chercher les autres. Un homme que je ne connais pas installe un projecteur. Maman est au pied de l'escalier. « Joseph, tu es dingue. Ils vont être épuisés demain ! Helga se remet à peine de son angine. Tu vas la rendre malade. Et ce n'est pas toi qui devras supporter leurs caprices demain ! »

Dès que nous sommes tous en bas, Papa se serre entre nous et l'homme démarre le film. C'est l'histoire de Blanche-Neige. C'est en anglais, mais ce n'est pas très compliqué à comprendre quand on la connaît déjà un peu. Je n'ai jamais rien vu de pareil : c'est un dessin animé, mais très, très long, et en couleurs. C'est incroyable. La Reine-sorcière est vraiment terrifiante et Blanche-Neige est si jolie... Ce n'est pas tout à fait comme dans le conte de fées, car Blanche-Neige revient à la vie quand le Prince l'embrasse, et il manque le passage où la Reine-sorcière danse jusqu'à la mort dans ses chaussures chauffées au rouge. C'est un film américain, mais l'histoire d'origine est allemande. Papa dit que, pour le moment, les Américains sont les meilleurs cinéastes du monde, mais que d'ici à dix ans, les Allemands les auront surpassés.

*
* *

Plus tard dans l'année, j'ai subi une opération censée m'empêcher d'avoir des angines. Je me rappelle m'être préparée pour l'hôpital. Maman m'avait apporté une petite valise rouge et une chemise de nuit neuve, ainsi qu'une trousse spéciale pour ma brosse à dents et mes affaires de toilette.

C'était tellement excitant de faire quelque chose juste pour moi – aucun des autres n'allait m'accompagner – et c'était vraiment une activité d'adulte – Papa et Maman allaient souvent à l'hôpital, mais aucun des enfants n'y était jamais allé sauf pour y naître, et évidemment on n'en gardait aucun souvenir. Moi et Maman, nous sommes montées à l'arrière de la voiture. Tout semblait particulièrement net ce jour-là. L'odeur du cuir. L'odeur de Maman. Elle me serrait les mains si fort que ses bagues s'enfonçaient dans mes doigts, mais je n'ai rien dit parce que je ne voulais pas qu'elle me lâche.

Dès que nous avons franchi les portes de l'hôpital, l'odeur de désinfectant nous a assaillies. Tout était noir et blanc : le carrelage en damier ; les draps blancs et les stores noirs ; les robes noires des infirmières et leurs tabliers blancs. Nous avons gravi un grand escalier jusqu'à une petite pièce avec un lit haut en métal et un petit placard. Maman m'a aidée à défaire ma valise, puis j'ai dû me déshabiller et enfiler ce qu'ils appelaient une blouse – plutôt une grande cape raide à l'envers. J'ai été un peu déçue, car j'avais hâte d'essayer ma nouvelle chemise de nuit. Maman était très souriante et bavarde avec les infirmières, et elle était admirative de tout : le linge de bonne qualité, la hauteur du lit, la vue depuis la fenêtre – « Oh, regarde les marronniers ! » – ou le soleil – « Comme on a de la chance ! »

Le fait que Maman soit si enjouée m'a angoissée. Le docteur était un homme à la mine sévère et aux petites lunettes rondes, comme M. Himmler. Il n'a pas répondu aux commentaires de ma mère sur les arbres ou la météo. Il m'a regardée fixement : « On va te faire une petite piqûre pour t'endormir. Tu ne sentiras rien durant l'opération. » Maman m'a pris une main, le docteur a serré l'autre fermement. Soudain, j'ai eu très peur : est-ce que j'allais mourir ? « Juste une petite éraflure. Là. Compte jusqu'à dix. »

C'était trop tard. Un. Le visage de Maman se divisait en carrés. Je n'aimais pas ça du tout. Deux. Les lunettes du docteur faisaient des bulles. Je n'ai jamais atteint le trois. La seconde suivante, je me suis réveillée et je me rappelle avoir ouvert les yeux et les avoir refermés aussitôt pour lutter contre la lumière aveuglante. Une voix que je ne reconnaissais pas me répétait « Bonjour, Helga, bonjour, Helga », encore et encore. Lentement, je suis remontée à la surface.

Après l'opération, Mamie B. s'est occupée de moi sur Schwanenwerder. Mamie B., c'est le diminutif de Mamie Behrend. C'était son nom de naissance, et elle l'avait repris après avoir divorcé deux fois.

Je restais allongée dans une chaise longue à manger de la confiture et de la crème glacée tandis que Mamie B. me racontait son passé de femme de chambre dans un grand hôtel, quand elle devait se lever de nuit pour laver les draps à l'eau froide avant d'allumer les fourneaux et de faire chauffer l'eau pour tous les clients. « Tu ne mesures pas la chance que tu as, jeune fille, de pouvoir prendre des bains de soleil dans un luxe pareil. »

J'adorais écouter Mamie B. raconter des histoires. Sa voix si douce et apaisante gardait un rythme régulier qui faisait oublier tous les soucis. Cela finirait par changer, mais bien plus tard seulement.

« Quand j'étais petite, ma famille était très pauvre. Mon père est mort quand j'avais environ trois ans et ma sœur aînée sept. Ma mère lavait du linge à domicile et nos chambres sentaient toujours bon le fer chaud et les cristaux de soude.

72

Je me rappelle que, quand j'étais toute petite, je m'asseyais sous la table, entourée de chutes de draps blancs que ma mère repassait, et je m'imaginais être dans un château de neige.

» Dès que j'ai été assez âgée, je crois que c'était autour de quatorze ans, je suis partie travailler en tant que bonne pour une grande famille qui habitait une maison magnifique sur Bülowstraße. Je partageais une chambre sous les combles avec deux autres domestiques. L'une était dame de compagnie, l'autre travaillait aux cuisines, moi j'étais femme de chambre. En hiver, j'étais la première à me lever pour aller nettoyer les cheminées et allumer les feux du jour. J'avais toujours peur de ne pas me réveiller et je restais allongée dans mon lit à compter les coups de cloche de l'église pour savoir l'heure.

» Ton grand-père était régulièrement invité à la maison. C'était un homme très élégant et cultivé, un ingénieur docteur. Toujours impeccablement vêtu. J'étais particulièrement impressionnée par le monocle qu'il portait à l'œil gauche – à l'époque, toutes les filles estimaient que le monocle était une véritable marque de réussite.

» Bien sûr, il voyageait beaucoup et, quand ta mère est née, il habitait en Belgique. Comme tu le sais, c'était quelqu'un de très généreux, et pendant les premières années de ta mère, il a subvenu à nos besoins. Je n'avais pas à travailler, ce qui me permettait de veiller sur elle, et nous étions toutes deux très, très heureuses. C'était une magnifique petite fille aux cheveux dorés et aux grands yeux bleus très lumineux. J'étais si fière d'elle.

» Tout s'est terminé autour de ses cinq ans. Je me rappelle avoir reçu une lettre. En reconnaissant l'écriture familière, l'épaisse enveloppe crème et l'encre noire, je m'attendais à y trouver, comme d'habitude, un chèque généreux. Or il n'y avait qu'un mot, me remerciant d'avoir offert à Magda un si bon départ dans la vie. Mais à présent, expliquait-il, elle était en âge de recevoir une véritable éducation, et il avait pris ses dispositions pour la faire entrer dans un couvent à Bruxelles. Il me priait de la mettre tel jour dans tel et tel trains. Désormais, elle serait sous sa responsabilité et je pourrais recommencer à travailler.

» J'en ai été malade. Je me souviens de m'être laissée tomber sur le sol. Je n'arrivais pas à y croire. Ma merveilleuse petite fille allait m'être enlevée. Et je n'avais pas le choix. Sans l'argent de ton grand-père Ritschel, je ne pouvais pas me permettre de la garder. J'ai relu sa lettre, encore et encore : "Une bonne éducation offrira à notre fille les meilleures chances de réussite. Je sais que tu ne voudrais pas la priver de cette opportunité."

» Le jour venu, je l'ai habillée chaudement. Je lui ai préparé de quoi manger pour le voyage. Je lui ai accroché une pancarte autour du cou. *Magda Behrend, Bruxelles*. Mon nom. Il lui avait offert de l'argent et une éducation, mais pas son patronyme, du moins pas encore.

» Je l'ai amenée à la gare. Je lui ai expliqué qu'elle partait chez son père et qu'on se reverrait bientôt. Je n'ai pas pu me résoudre à lui faire au revoir de la main. Je l'ai confiée au chef de train, qui m'a promis de lui trouver une bonne place près de la fenêtre. Elle avait été très excitée toute la matinée, ne parvenant même pas à avaler son petit déjeuner. Mais soudain, elle paraissait si fragile, si frêle à côté de l'imposant chef de train. Je ne me suis pas retournée une seule fois. Je ne voulais pas qu'elle me voie pleurer.

» Je ne l'ai pas revue avant deux ans. Et ce n'est que bien plus tard que j'ai appris comment s'était passé son voyage. Je lui avais préparé un panier de nourriture – des pommes, de la bouillie d'avoine et du lait. J'ai toujours insisté pour qu'elle boive du lait parce qu'elle était toute maigre et avait besoin de grossir un peu. Mais elle n'a jamais aimé ça et, apparemment, dès que le train a quitté la gare, elle a ôté le couvercle du pot et tout jeté par la fenêtre. Ça a laissé une longue traînée qui est restée pendant tout le voyage. Si j'avais su cela, j'aurais compris que ma courageuse petite fille allait très bien.

» Naturellement, elle m'a beaucoup manqué. Et avec le recul, je me dis que j'ai commis une terrible erreur. J'aurais dû taire mon chagrin face à grand-père Ritschel, mais j'étais désespérée. Je lui écrivais presque quotidiennement pour le supplier de me dire où était ma petite fille. Il refusait de me dévoiler le nom du couvent. Il craignait que je n'aille la récupérer. Finalement, c'est grand-père Friedländer qui m'a permis de la retrouver. »

Mais je n'ai jamais rencontré grand-père Friedländer – il a déménagé avant ma naissance. Je ne sais pas pour aller où.

Je ne me souviens que de grand-père Ritschel. J'avais huit ans quand il est mort. Il nous envoyait souvent de petits paquets de chocolats au lait avec de l'argent de poche. Je me rappelle qu'il est venu pour le goûter une fois, à Berlin. C'était par une journée ensoleillée, et on goûtait dans le jardin. Il était très grand et portait un chapeau de paille qu'il avait retiré pour manger. Il nous a parlé des gens en Inde qui pensent qu'on a tous de nombreuses vies et que, quand on meurt, on renaît sous la forme de quelqu'un ou quelque chose d'autre. Il nous a dit qu'il voulait renaître en aigle. D'après Maman, c'est sans doute ce qui est arrivé.

Quoi qu'il en soit, pour s'occuper l'esprit, alors que Maman lui manquait tant, Mamie B. a trouvé un travail dans un hôtel de luxe. C'est là qu'elle a rencontré, et épousé, grand-père Friedländer, qui en était le gérant. C'était un très gentil patron, surtout avec elle, même s'il était juif. « Mes deux maris étaient de vrais gentlemen », répète toujours Mamie B.

Le travail à l'hôtel était très difficile, les journées très longues, mais en fin de soirée, quand ils avaient enfin un peu de temps libre, Mamie B. et grand-père Friedländer allaient danser.

« C'était un merveilleux danseur. Pendant une heure ou deux, il me faisait oublier ma tristesse. Toutefois, elle finissait toujours par refaire surface et, bien sûr, grand-père Friedländer s'en rendait compte. Je me souviens du jour où je me suis épanchée auprès de lui. Nous marchions autour du lac du zoo, et je lui ai raconté l'histoire de ta mère et la façon dont elle m'avait été arrachée. Il n'a d'abord rien répondu. C'était sa façon de réagir. Il m'a tenu la main, et nous avons continué à marcher pendant que je pleurais. Je ne crois pas qu'il m'ait adressé le moindre mot de réconfort ce jour-là. Cependant il a pris le temps d'y réfléchir calmement. Quelques jours plus tard, il a eu une idée. Il allait écrire à grand-père Ritschel en tant que mon mari. Il allait lui donner sa parole, d'homme à homme, que nous n'emmènerions pas Magda, ni ne la priverions d'une bonne éducation, mais que s'il voulait bien nous faire savoir où elle était, nous viendrions nous installer en Belgique pour qu'elle puisse bénéficier de l'amour de ses deux parents.

» C'était un plan formidable. Et la lettre qu'il lui a écrite était merveilleuse, pleine d'assurance. Il ne le suppliait pas, il lui faisait une proposition. Nous avons posté la lettre et pris notre mal en patience. L'attente m'était insupportable. J'étais une véritable boule de nerfs et je me languissais de lire la réponse. Elle a fini par arriver. Grand-père Ritschel était d'accord. Si nous emménagions en Belgique, il nous dirait dans quelle école Magda était inscrite.

» Je n'oublierai jamais le jour où je l'ai enfin revue. Le couvent était un bâtiment menaçant. Gigantesque. En pierres grises. Avec de nombreux piliers et colonnes. J'ai tout de suite su que cet endroit ne lui convenait pas. Une nonne nous a ouvert la porte et nous a guidés sans un mot jusqu'au bureau de la Mère supérieure, au sommet d'un grand escalier en bois. Ta maman nous y attendait. Elle était maigre comme un coucou. Instinctivement, je me suis précipitée vers elle pour la prendre dans mes bras, mais elle s'est recroquevillée sur elle-même et ça m'a brisé le cœur. Elle était à ce point dépourvue d'amour dans ce couvent glacial qu'elle en avait oublié comment faire et recevoir des câlins. Et tout ce qu'elle nous a dit, en français et d'une toute petite voix, était : *"Bonjour, madame. Bonjour, monsieur*[1]*."*

» Je rêvais depuis si longtemps de l'étreindre contre moi que j'en suis restée paralysée.

» La Mère supérieure nous a invités à nous asseoir. Elle est restée dans la pièce. Je me suis immédiatement mise à parler en allemand, pour dire à Magda combien je l'aimais et combien elle me manquait. Je lui ai demandé comment elle allait, si elle se plaisait au couvent. J'ai sans doute radoté. La Mère supérieure a toussoté. Magda est demeurée silencieuse.

» "Toutes les filles parlent français, ici." La Mère supérieure avait un allemand hésitant avec un accent français très prononcé. "Vous vous rendrez vite compte que Magda a oublié la langue de son enfance."

» Elle s'est alors tournée vers ta mère et lui a dit quelque chose en français. Magda a acquiescé et répondu : *"Oui, ma Mère*."

» Je ne sais pas ce que j'aurais fait sans grand-père Friedländer. C'était un homme tellement doué. Outre le yiddish et l'allemand, il parlait un français courant. Il s'est tourné vers Magda et lui a expliqué ce que j'avais essayé de lui dire. Naturellement, elle ne le connaissait pas du tout, et ça lui a fait un choc d'apprendre que j'avais un mari.

» Puis la Mère supérieure nous a fait faire le tour de l'école. Elle nous a montré une enfilade de salles de classe parfaitement entretenues.

---

1. Tous les mots et expressions en italique suivis d'un astérisque sont en français dans le texte. (*N.d.T.*)

Magda nous ouvrait les portes et nous accompagnait poliment, mais elle était aussi compassée qu'avec des inconnus. La dernière pièce que nous avons visitée était le dortoir. Toutes les filles dormaient dans une grande mansarde. Il y avait des rangées et des rangées de lits. Celui de Magda était au milieu. Il n'y avait aucun rideau de séparation, aucune intimité, pas même un mur contre lequel s'appuyer ou pour se protéger des courants d'air froids qui passaient par les fenêtres mal ajustées. Il n'y avait pas de plafond, juste un haut avant-toit. Il faisait un froid de gueux.

» Grand-père Friedländer a fait en sorte que nous puissions y retourner le week-end suivant. Magda nous a serré la main en disant : *"Au revoir\*."* Ses doigts étaient froids et osseux. Nous avons regagné en train notre maison encore déserte de Bruxelles. J'ai pleuré, pleuré et pleuré encore.

» Grand-père Friedländer était un homme tellement charmant. Il a convaincu grand-père Ritschel que Magda devait rejoindre un couvent plus confortable. Grand-père Ritschel nous a même autorisés à choisir sa prochaine école, à la seule condition qu'elle soit catholique. Bien que ma mère m'eût élevée en pure protestante et que grand-père Friedländer fût juif, nous avons donné notre accord et immédiatement commencé à visiter d'autres établissements.

» Nous en avons finalement trouvé un où le dortoir était divisé en box qui fermaient à l'aide d'un rideau. Chaque fille disposait d'une chaise et de sa penderie. Nous avons fait le nécessaire pour que Magda change d'école au plus vite.

» Naturellement, l'établissement était strictement catholique. La pudeur y était de mise. Lors de leur bain hebdomadaire, les nonnes insistaient pour que les filles se baignent dans des robes qui les recouvraient tout entières. Même lorsqu'elles entraient et sortaient de la baignoire, les bonnes sœurs les séchaient rapidement et leur enfilaient leur robe-chemisier sans jamais dévoiler la moindre parcelle de peau. Aucune fille n'était censée voir son propre corps nu.

» Chaque journée commençait par une messe avant le petit déjeuner. Magda était encore très maigre et n'avait pas beaucoup de forces. Un matin, elle s'est évanouie pendant l'office. Après quoi, j'ai eu le droit de lui apporter du chocolat et elle en mangeait un petit morceau avant l'office pour ne plus défaillir.

» La Mère supérieure de sa nouvelle école était une grande dame. Elle adorait la musique et savait apprécier les dons de notre fille en la matière. Surtout ses talents de pianiste. Elle emmenait ta mère à des concerts ou dans des musées et des galeries d'art. Je crois qu'on peut dire que ta mère était sa préférée.

» Bien sûr, c'était un peu plus difficile avec les autres filles. Magda a toujours eu du mal à se faire des amies en Belgique. Il y avait alors beaucoup de sentiments antigermaniques, comme nous avons pu nous en rendre compte quand la guerre a éclaté.

» Nous avons toutefois connu quelques années de bonheur. Grand-père Friedländer a eu de bonnes opportunités professionnelles. Il a ouvert un bureau de tabac. Nous étions à l'aise. Peu à peu, ta mère s'est rappelé son allemand. Son beau-père l'y a beaucoup aidée, bien entendu. Et ils sont devenus très proches. Il était plus un père pour elle que son véritable père. Et c'est elle qui a choisi de prendre son nom : Magda Friedländer.

» Et puis la guerre a éclaté… et tout a changé. Ta mère avait alors environ douze ans. Nous n'avons pas tout de suite compris ce que cela impliquait. Nous avons entendu parler de l'attentat de Sarajevo. Ça nous semblait lointain, trop pour que nous nous sentions concernés. Puis, soudain, nous avons compris que l'Europe était divisée. L'Allemagne a déclaré la guerre à la Russie, puis à la France – le plus proche allié de la Belgique. Dans tout Bruxelles, les magasins allemands ont été bombardés de pierres. Tous les civils allemands ont dû quitter le pays. Nous avons emporté ce que nous pouvions porter, rien de plus.

» On nous a traités comme des animaux. Nous sommes d'abord allés au consulat allemand. Nous étions si nombreux que nous avons passé la nuit sous un chapiteau de cirque. Il y avait des gens de toutes sortes. Nous avons dormi à même le sol. Le lendemain matin, nous avons été raccompagnés jusqu'à la gare par de jeunes soldats belges – des écoliers, vraiment – qui nous ont offert du café, du chocolat et des cigarettes tirés de leurs propres rations. C'était le dernier acte de gentillesse auquel nous assisterions. Nous avons été renvoyés en Allemagne dans des wagons à bestiaux, aussi crasseux que puants. C'était vraiment horrible. Il n'y avait ni sièges ni fenêtres. Nous avons voyagé assis sur nos valises.

Parfois, il nous était même impossible de nous étirer correctement. Il n'y avait ni toilettes, ni eau, ni nourriture – et même si nous avions l'occasion d'acheter quelques provisions dans les gares, les tarifs étaient prohibitifs et de nombreux autres voyageurs n'avaient pas d'argent et nous suppliaient de partager avec eux. Il nous a fallu six jours pour rejoindre Berlin. Bien entendu, de nombreuses personnes ont été malades. C'était répugnant. Aucun être humain ne devrait jamais être traité de la sorte. Dans la voiture derrière la nôtre, une femme a accouché. J'entends encore ses hurlements et le fracas des roues pendant la nuit. »

Maman aussi m'a raconté une anecdote sur ce voyage. Le train s'était arrêté dans une gare où une Tzigane avait grimpé à bord. Sa peau était brune comme une noisette et elle était sèche comme un coup de trique. Une grosse touffe de cheveux noirs s'échappait de sous un foulard à pièces. Dès qu'elle était montée dans le wagon, elle avait rivé sur Maman ses prunelles sombres et brillantes. Maman avait eu l'impression qu'elle lui sondait l'âme. Elle lui avait attrapé le poignet gauche pour étudier sa paume. Elle avait fait courir son doigt sur les lignes de sa main avant de la lâcher et de la regarder droit dans les yeux.

« Un jour, tu auras une vie de reine, mais ta fin sera atroce ! »

Elle avait alors fait volte-face et sauté du train alors qu'il se mettait en branle.

Maman rigole toujours quand elle raconte cette histoire.

# Quatrième jour dans le bunker

## *Mercredi 25 avril 1945*

La journée a mal commencé. Je me suis encore réveillée en pleine nuit, les cuisses ruisselantes de sueur. Sur le qui-vive. Des voix lointaines que je ne parviens pas à distinguer. Je me tourne lentement pour plaquer mon dos au mur ; au moins, je suis sûre que personne ne m'attaquera par surprise. Je ne sens pas la présence d'Elsa. J'observe le rai de lumière qui passe sous la porte, en cherchant des ombres et en essayant de percevoir des bruits de pas. Soudain, il y a trois grosses explosions et tout le monde se réveille. Nous allumons un court instant pour regarder l'horloge – presque cinq heures. Puis les coups de feu commencent. Et ils sont de plus en plus forts. Est-ce qu'on va attendre ici que les Russes viennent nous assassiner ?

Pendant tout le petit déjeuner, des soldats transportent des boîtes hors du bunker. Je ne sais pas ce qu'elles contiennent ni où ils les emportent. Je n'en peux plus de la confiture de quetsches. Il y a trop de noyaux. Depuis le petit déjeuner, je ne sais pas quoi faire. Hilde est complètement captivée par son livre d'Apaches et elle s'est pelotonnée avec dans un coin – je ne suis pas d'humeur à lire. J'ai demandé à Mme Junge si je pouvais aller voir Maman. Elle a répondu qu'elle allait poser la question. En attendant, je me suis assise dans le couloir pour griffonner. J'ai encore cette impression de poids sur l'estomac qui me donne envie de m'enfuir en hurlant, mais le pire c'est que je sais que ça ne changera rien. Je remplis une page entière de carrés noirs que je colorie. De l'encre gaspillée. Je suis sur le point d'entamer ma deuxième feuille quand Mme Junge revient me dire que je peux aller voir Maman.

Sa chambre est comme la nôtre, sauf que l'odeur de gazole est mélangée à de l'eau de Cologne. Il n'y a aucune décoration. Cela me rappelle les fois où j'allais lui rendre visite au sanatorium.

Elle est allongée dans son lit, la peau aussi blanche que ses oreillers. Bizarrement, ses yeux semblent énormes, et ses pupilles sont extrêmement larges et sombres. Elle tapote le côté de son lit et je viens m'y asseoir, mais le matelas est si étroit que je pends à moitié dans le vide. Sa voix est toute plate.

« Comment allez-vous, tous ?

— On va bien. Mais on s'ennuie. Combien de temps on va encore rester ici ?

— Je ne sais pas, ma chérie. Aussi longtemps qu'oncle Führer aura besoin de nous. J'ai entendu dire que vous êtes tous très sages et polis, je suis très fière de vous.

— Combien de temps oncle Führer va rester ici ?

— Je ne sais pas, ma chérie.

— Est-ce qu'on va essayer de s'échapper ?

— Tu sais bien qu'on vous a amenés ici parce que c'est l'endroit le plus sûr.

— Et si les Russes arrivent ? » Une énorme boule me monte dans la gorge et je ne parviens pas à la ravaler. Je ferme les yeux aussi fort que possible pour empêcher mes larmes de couler. J'ai l'impression qu'une plaque de métal me compresse le front. J'arrive à ne pas pleurer, mais je sais que Maman s'est rendu compte que j'ai failli, alors je dis : « J'ai tellement peur, Maman. Je ne veux pas mourir. Je ne veux vraiment pas mourir. »

Maman déteste que l'on pleure, ce qui n'est pas juste parce que Mamie et elle le font tout le temps.

« Helga. Allons. Ressaisis-toi. Tu es une grande fille. Tu dois être forte pour les petits. Il faut que tu leur montres le bon exemple. Pense à ce qu'ils ressentiront s'ils voient que leur grande sœur a pleuré. L'heure n'est pas aux larmes. Rappelle-toi que tu es allemande. »

Je me concentre au maximum et respire lentement par la bouche pour éviter de renifler. J'en ai mal à la mâchoire.

« Tu sais, ma chérie, je me suis arrangée pour que vous receviez tous un vaccin. Le même genre de vaccin qu'on inocule aux soldats, car j'aimerais que vous arrêtiez d'être malades, maintenant que vous vivez enfermés comme des soldats au milieu d'autant de monde. »

Je sens un cri monter, mais je le ravale juste à temps.

« Oh, dis-je d'une toute petite voix.

— Je sais que tu vas être courageuse comme une bonne petite fille et que tu ne vas pas faire d'histoires. »

J'acquiesce. Je préfère ne pas parler à cause de la grosse boule dans ma gorge. Elle a l'air de penser qu'on risque de rester ici un long moment.

« Je suis désolée que tu t'ennuies autant. Tu devrais filer prendre ton déjeuner, à présent. Je me lèverai plus tard, pour le goûter avec oncle Führer, et je t'apprendrai une nouvelle réussite. Maintenant, va manger et ne montre pas aux autres que tu es contrariée. »

À midi, nous avons droit à des sandwichs au rosbif. Holde prend soin de donner sa viande à Helmut pour ne manger que le pain et le beurre. Je crois qu'il n'existe aucun plat plus triste qu'un sandwich au rosbif. Cette absence de couleurs est insupportable. Je n'aurais jamais pensé que les légumes me manqueraient un jour – mais ce serait tellement plus agréable de manger quelque chose de lumineux et frais comme des petits pois, ou même des carottes, quelque chose de léger et de joyeux, pas comme de la vache morte caoutchouteuse et du pain mort caoutchouteux.

Bien sûr, je ne dis rien. Je mange très lentement, jusqu'à me retrouver avec un gros morceau de viande sèche dans la bouche. Quand Mme Junge nous tourne le dos pour s'adresser à un soldat, je recrache tout dans ma serviette. Je ne veux plus jamais manger de bœuf de toute ma vie. Je vais devenir végétarienne, comme oncle Führer.

Après le repas, nous allons faire notre sieste. Je monte directement dans mon lit et m'enfouis la tête sous les couvertures, mais je n'arrive plus à respirer. Je me ménage alors un petit trou d'air pour ne pas avoir besoin de sortir la figure. Je ne sais pas pourquoi je suis si fatiguée alors qu'on ne fait rien.

Liesl vient nous préparer pour le goûter. Elle refait mes tresses et renoue la ceinture de ma robe avant de me faire un petit câlin. J'ai l'impression d'avoir quatre ans dans cette tenue, ces manches courtes qui me donnent la chair de poule et ces petites chaussettes blanches. Nous sommes toutes assorties. J'ai hâte d'être une adulte pour pouvoir choisir mes propres vêtements. J'aurai de longs cheveux détachés, des talons hauts et une jupe à pois bleu marine. Après la guerre, Maman dit que j'aurai l'âge d'avoir un soutien-gorge. J'en aurais presque déjà besoin.

Les autres sont tous de bonne humeur. Helmut reste convaincu que toute cette histoire est très amusante. Holde, Hedda et Heide étaient plutôt calmes les premiers jours, mais maintenant elles sont très excitées par les gâteaux et les chiots ; en plus, elles adorent Mme Junge et les nounours, alors ça va. Parfois, elles ont vraiment très peur à cause des explosions, mais elles les oublient aussitôt. J'aimerais bien pouvoir discuter avec Hilde, mais c'est presque comme si elle n'était pas là. Elle ne veut quasiment jamais jouer aux cartes ou aux jeux de société, ni faire quoi que ce soit avec nous. Tout ce qu'elle veut, c'est lire. Elle trimballe toujours un livre avec elle, et dès qu'elle en a terminé un, elle en commence un autre. Et elle fait ce truc très agaçant avec ses joues. Elle les aspire trois fois avant de faire quoi que ce soit : descendre du lit, retirer sa chemise de nuit, enfiler un pantalon, n'importe quoi. Elle ressemble à un poisson.

Si l'endroit était si sûr, je suis certaine que M. Speer y aurait amené ses enfants au lieu de les envoyer dans les montagnes. Et Edda Göring ? Elle serait là, elle aussi. Il faut toujours qu'elle ait ce qu'il y a de mieux. Et M. Bormann n'a pas non plus amené ses enfants. Pourquoi n'y a-t-il que nous ?

Le goûter se déroule plus ou moins comme tous les jours. Tata Eva a son sourire peint et ses diamants scintillants. Oncle Adi fait moins d'efforts que d'habitude. Dès notre arrivée, il demande à Mme Junge d'aller chercher les chiots. J'ai d'abord cru qu'il s'adressait à moi, parce qu'il a dit d'une voix assez douce : « Mon enfant, fais venir les chiens. » Mais elle s'est levée d'un bond.

On joue tous par terre avec les chiots. Foxl est venue fourrer sa truffe sous mon bras. Oncle Adi ne me pose pas de question difficile sur l'école ou l'histoire allemande. Il ne fait que parler des chiens. Il dit qu'il les préfère aux humains parce que, au moins, on peut leur faire confiance, ils ne mentent jamais, et ils sont toujours fidèles et obéissants. Il refait faire son tour à Blondi, mais, en voulant lui tapoter la tête, il renverse tout son chocolat chaud. Il devient immédiatement cramoisi et se met à hurler furieusement. Tata Eva s'empresse de lui tamponner les genoux avec son petit mouchoir en dentelle qui n'est vraiment pas fait pour ça, ce qui le met encore plus en colère. Maman nous chuchote sèchement : « Allez dans votre chambre, les enfants ! » Mme Junge nous accompagne. Elle nous explique qu'il appelle souvent ses secrétaires « mon enfant », et surtout elle parce que c'est la plus jeune. Je crois qu'elle a vingt-cinq ans – elle est loin d'être jeune.

Nous traînons un peu dans le couloir jusqu'à ce que Maman arrive et me montre la nouvelle réussite dont elle m'a parlé tout à l'heure. Je l'aime plutôt bien. On a une pile de treize cartes qu'on ne peut pas regarder, puis il faut en distribuer quatre et... Bref, c'est un peu compliqué à expliquer, mais en gros il faut faire des suites. J'y ai joué plusieurs fois. J'aime bien le bruit des cartes quand on les retourne trois par trois. Je ne gagne jamais, mais chaque fois qu'on redistribue, ça donne une petite lueur d'espoir.

# 1940

Nous passons le Nouvel An au château de Lanke, la résidence de campagne officielle de Papa. Celle de Schwanenwerder est notre résidence privée. J'aime mieux la privée.

Le temps est absolument glacial. Une épaisse couche de neige craquante gémit à chacun de nos pas. Papa et Maman nous ont offert de nouvelles luges pour Noël – elles sont vraiment extra, assez grandes pour des adultes. Papa nous a accompagnés. C'était lui le plus rapide, mais il s'est mis très en colère quand il est tombé. On a dû se retenir de rire.

Maman n'aime pas faire de la luge, mais elle est venue faire une promenade en traîneau avec nous dans la forêt. Nous nous sommes enroulés dans des couvertures de fourrure. Quand il neige, la forêt qui entoure le château semble tout droit sortie d'un conte. Les grands arbres sombres, drapés dans leur châle neigeux, sont voûtés comme de vieilles sorcières. Au bout d'un moment, le blanc commence à nous faire mal aux yeux. En rentrant à la maison, nous buvons un chocolat chaud près du feu et Papa nous raconte des histoires de son enfance.

« Mes premiers souvenirs sont des cauchemars subis pendant que j'étais cloué au lit par la fièvre. Je croyais que les murs se refermaient sur moi pour me broyer, et l'instant suivant j'avais l'impression de m'enfoncer dans la boue, sans être capable de libérer mes pieds. Je me rappelle la chambre. Les lourds rideaux verts qui se transformaient en arbres dans mes rêves. Les fougères et les feuilles du papier peint. Je devais avoir environ quatre ans. J'avais une maladie des os. Mon pied droit était pris de crampes terribles, une douleur insupportable. Je me rappelle avoir été alité et m'être concentré très fort pour remuer mes orteils. C'était impossible. Chaque fois que je sens de l'huile d'amande, je me retrouve sur ce lit, à contempler le plafond pendant que ma mère me massait et me pétrissait la jambe.

» Et puis il y avait les rendez-vous chez les médecins. Des heures interminables passées à attendre sur des sièges très durs installés sous des fenêtres trop hautes pour qu'on puisse regarder dehors. Tout ce que je voulais, c'était courir avec les autres enfants. Je me souviens que nous avions même fait le voyage jusqu'à la faculté de médecine de Bonn. Ma mère me disait que nous allions voir les meilleurs docteurs du monde. Je devais rester allongé dans un lit sans pantalon pendant qu'une dizaine de jeunes hommes se relayaient pour me soulever et me pincer le pied pour voir comment je réagissais. M'ont-ils aidé pour autant ? Pas du tout. Ils m'ont installé un encombrant bidule censé maintenir mon pied bien droit et m'aider à marcher. Ha. Ça a beaucoup plu, à l'école. Le Petit Boiteux portait bien son nom avec son appareil orthopédique.

» Bien sûr, ma mère, comme n'importe quelle bonne catholique, s'est aussi tournée vers Dieu pour trouver un remède. Tous les jours après l'école, pendant que les autres garçons allaient jouer au football, le Petit Boiteux retrouvait sa mère au portail de l'école, et elle le prenait par la main pour l'emmener à l'église Sainte-Marie. Nous nous agenouillions côte à côte dans cette caverne sombre et froide pendant parfois une heure. Je restais silencieux, le visage enfoui dans mes mains, pendant que ma mère répétait, encore et encore : "Sainte Marie, priez pour nous le Seigneur notre Père."

» "Mon Dieu, qu'est-ce que j'ai fait pour mériter pareil châtiment ? Pardonnez-nous mes péchés et ceux de mon fils. Ayez pitié, Seigneur, et débarrassez-nous de ce mal. Jésus-Christ, guérisseur des malades, rendez la santé à votre serviteur. Nous implorons votre pardon. Ayez pitié, Seigneur."

» Je me souviens d'un jour en particulier. C'était par une magnifique journée d'été, le genre de journées durant lesquelles je détestais plus que jamais aller m'enfermer dans cette église sinistre. Nous avions croisé dans la rue une grosse dame nommée Mme Backer, qui faisait le catéchisme.

» "Bonjour, madame Goebbels. Vous priez de nouveau le Seigneur pour votre malheur ? Si quelqu'un mérite le pardon, c'est bien vous, madame Goebbels. Nul ne peut remettre en question votre dévotion. Mais les voies du Seigneur sont impénétrables. Qui sommes-nous pour comprendre les épreuves et les châtiments qu'Il nous impose ?

» — En effet, madame Backer, a répliqué ma mère. Prier m'apporte un grand réconfort. Mais vous savez que le pied de Joseph a été endommagé lors d'un simple accident. Ce n'est pas un châtiment. Il est resté coincé entre les lames d'un banc alors que je le soulevais. Un accident bête, mais pas une punition, madame Backer – une erreur humaine, pas une intervention divine.

» — C'est vrai, madame Goebbels, je ne voulais pas insinuer que..."

» Tandis que nous nous hâtions de rentrer à la maison, j'ai demandé à ma mère de me raconter l'histoire du banc. Je n'en avais encore jamais entendu parler. Ma mère m'a imposé le silence jusqu'à ce que nous soyons arrivés, puis elle m'a expliqué.

» "Cette ville est pleine d'ignorants. Des gens qui pensent que Dieu inflige des maladies pour punir un péché. Si je leur dis que tu es devenu boiteux par ma faute, ils pourront nous traiter d'idiots, ils pourront nous traiter de maladroits, mais ils ne pourront pas nous accuser d'être mauvais."

» Quand j'avais dix ans, ma mère a trouvé un médecin qui pensait pouvoir me guérir en m'opérant le pied pour le remettre d'aplomb. Il fallait briser l'os puis le redresser. Je pourrais remarcher normalement.

» Après l'opération, je suis resté dix jours à l'hôpital. Je n'avais pas le droit de sortir du lit. J'avais peur de mourir d'ennui, mais ma marraine (ma tante Christina) est venue me rendre visite dès le deuxième jour et m'a apporté un cadeau qui, en toute honnêteté, a changé ma vie. Un livre de contes. Je n'avais encore jamais lu de contes – désormais, je les dévorais : "Hansel et Gretel", "Blanche-Neige et Rose-Rouge", "Raiponce"... Je les lisais et les relisais. Ces histoires m'ont donné le goût de la lecture. Je demandais aux infirmières de m'apporter tout ce qu'elles trouvaient à lire – même de vieux journaux, peu m'importait que je puisse les comprendre ou pas. Mon père s'est tout de suite rendu compte que cela pourrait être un gros avantage, et il m'a offert une encyclopédie. Je l'ai lue de bout en bout et, quand je suis enfin retourné à l'école, j'ai raflé toutes les récompenses. Soudain, j'étais devenu intelligent. J'en savais plus que n'importe lequel de mes camarades. Je n'étais plus seulement un pauvre boiteux. J'étais quelqu'un de respectable, quelqu'un qui pouvait aider les autres avec leurs devoirs, quelqu'un que les professeurs appréciaient. J'avais enfin un avenir. L'opération, bien sûr, a été un échec. »

*
* *

À Berlin, nous avions une bonne nommée Gerda. Elle faisait partie de ces personnes qui ont toujours l'air sales quoi qu'elles fassent. Cela mettait Maman hors d'elle. Des mèches de cheveux s'échappaient sans cesse de son chignon. Ses bas filaient toujours. Ses ongles étaient régulièrement noirs. Maman disait qu'elle était une souillon et qu'il ne fallait pas que les invités la voient ; elle s'occupait donc simplement du ménage et d'allumer les cheminées, mais Maman gardait Gerda à son service parce qu'elle était forte et meilleure que les autres pour faire rutiler les cuivres. Nous l'aimions tous beaucoup, car, s'il n'y avait personne d'autre pour nous surveiller, elle nous laissait faire des choses normalement interdites, comme sauter sur les lits ; ou alors, elle nous rapportait des biscuits dérobés en cuisine, même si c'était juste avant le repas et si ça risquait de nous couper l'appétit. Cela m'a toujours fait bizarre, car si j'étais contente de la friandise, je me sentais un peu coupable de désobéir à Maman derrière son dos. Mais les petits l'adoraient, surtout Hilde.

Un jour que nous jouions dans la salle à manger, nous avons entendu un terrible hurlement venu de la cuisine. Nounou est arrivée et nous a dit d'aller dans notre chambre. Elle a refusé de nous dire quoi que ce soit. Ce n'était pas l'une de mes nourrices préférées. Elle était très maigre et grinçante. Depuis ce jour, nous n'avons plus jamais revu Gerda.

Tout le monde refusait de nous dire ce qui s'était passé. J'ai entendu Nounou dire qu'elle l'avait bien cherché en s'éprenant d'un Juif – et personnellement, elle trouvait que c'était une bonne chose que M. Goebbels débarrasse Berlin de ces éléments indésirables. Nous avons eu une nouvelle bonne, Elvira, et ses cheveux étaient tellement tirés qu'on pouvait y voir les marques de peigne. Je l'ai entendue dire à Nounou qu'elle ne risquait pas de perdre la tête pour un garçon ni de se la mettre dans le four. Je m'imaginais Gerda se couper la tête pour la faire cuire. J'ai supplié la cuisinière de m'expliquer ce qui s'était passé, mais elle m'a juste dit que Gerda allait bien, que je n'avais pas à m'en faire, mais que c'était une sotte et que Maman avait bien fait de la renvoyer. « Nous ne pouvons plus revivre ce genre de drame. » Tout ce que Maman nous a dit, c'est que Gerda était faible et égoïste et qu'on serait bien mieux sans elle. Si un adjectif ne correspondait pas à Gerda, c'était pourtant bien celui de « faible ».

*
* *

Je me souviens de la naissance de Heide. C'était tard le soir et nous étions tous couchés. C'était l'anniversaire de Papa, et il y avait une fête au rez-de-chaussée. Le gramophone diffusait de la musique souvent couverte par des rires. Celui de Papa était le plus fort d'entre tous. Plus tôt dans la soirée, nous étions penchés par-dessus la rampe d'escalier pour regarder les invités entrer – de jolies actrices dans des robes magnifiques. Maman n'était pas là. Elle était à l'hôpital depuis plusieurs semaines, en partie à cause de sa grossesse, en partie à cause de son cœur. Soudain, Papa est entré en trombe dans la chambre d'enfants.

« Réveillez-vous ! Réveillez-vous ! Maman a accouché. Nous allons tous la voir. Nounou, mettez-leur leur manteau par-dessus leur chemise de nuit.

— Est-ce que c'est un garçon ? » Helmut avait très envie d'avoir un petit frère.

« Non, Helmut, c'est une petite fille. J'ai bien peur que toi, moi et Harald soyons largement minoritaires. Allons-y. »

Je me rappelle qu'une voiture nous attendait, mais qu'elle n'était pas encore chaude. Comme nous n'étions guère habillés que d'un manteau, nous avons grelotté jusqu'à l'hôpital. Maman était assise dans son lit. Elle s'est mise à pleurer en nous voyant entrer. Papa lui a dit « Courage, ma chérie », et nous a laissés la réconforter pendant qu'il allait demander à une infirmière de lui confier le bébé. Il est revenu avec notre petite sœur dans ses bras et s'est mis à danser dans toute la pièce. « Joseph, s'il te plaît, tu la perturbes. Tu n'es pas à une soirée dansante. »

Papa a continué de danser. Le bébé ne s'est pas réveillé. À la fin, il l'a mis dans les bras de Maman et nous avons pu le voir. Il avait le visage tout écrasé, presque sans menton. Maman nous a expliqué que notre sœur s'appelait Heide, et Helmut a couru dans tous les sens en criant : « Heide, Heide, ma petite Heidede ! »

Maman s'est remise à pleurer. Papa a décidé qu'il était temps de rentrer.

# Cinquième jour dans le bunker

## *Jeudi 26 avril 1945*

Après toute une journée sans nouvelle arrivée dans le bunker – ce qui me donne l'impression d'être complètement coupée du reste de l'Allemagne et de la sécurité de notre monde étrange –, il y a eu aujourd'hui un débarquement spectaculaire.

Alors que nous jouions avec les chiots dans la chambre de tata Eva – je ne sais pas où elle était, mais Liesl était là, à faire le repassage –, nous avons entendu un grand fracas dans le couloir, des cris et des portes qui claquent, et avant que Liesl ait pu nous en empêcher, nous nous sommes précipités pour aller voir. Six soldats portaient une civière. À côté d'eux, une petite femme à la très grosse voix vociférait des ordres :

« Avancez ! Dégagez le passage ! Où est le docteur ? » Elle portait une grosse veste en cuir qui ne lui allait pas du tout – une veste d'homme, à mon avis – sur une combinaison de vol toute déchirée. Les soldats ont emporté le brancard à l'infirmerie au bout du couloir. Nous avons vu le Dr Stumpfegger arriver en courant depuis le pré-bunker. Il court très bizarrement : tout se passe en dessous des genoux, tandis que le reste de son corps demeure parfaitement immobile. Il me fiche la frousse. Il est très grand, très maigre et très pâle, comme un mort vivant, et il regarde toujours ses pieds. Maman dit que c'est l'un des médecins les plus intelligents du monde.

L'homme sur la civière se protégeait les yeux d'une main. On ne voyait que le haut de sa tête et ses cheveux rares et gris. Une couverture de l'armée maculée de sang était étendue sur son corps. Liesl nous a rapidement ramenés dans la chambre de tata Eva. Elle ne savait pas qui étaient ces visiteurs. J'ai d'abord pensé que, s'ils avaient pu entrer, nous pourrions sans doute sortir, puis je me suis dit qu'ils avaient l'air d'avoir failli mourir pour descendre ici.

Finalement, tata Eva est revenue dans sa chambre. Maman l'accompagnait. En fait, la petite femme colérique est Hanna Reitsch. C'est logique. Il faut sans doute être la meilleure pilote du monde pour échapper aux mitrailleuses anti-aériennes russes. Maman dit qu'elle est incroyablement courageuse. Je l'ai vue dans des films récents, elle réalise des cascades terribles, mais je ne l'avais pas reconnue. Si quelqu'un pouvait nous permettre de nous enfuir d'ici, c'était bien elle, à mon avis. Malheureusement, tata Eva dit que la *Flugkapitän* Reitsch (apparemment, elle insiste pour qu'on l'appelle *Flugkapitän* et ne répond pas à « mademoiselle ») a l'intention de rester auprès du Führer jusqu'à la fin de la guerre. Elle nous a aussi expliqué que le blessé était un autre pilote d'exception, le général Robert Ritter von Greim. Lui pourrait peut-être nous emmener, s'il guérit à temps. Tata Eva et Maman disent que le Dr Stumpfegger va pouvoir remettre le général sur pied.

La *Flugkapitän* Reitsch est assise sur le sofa à côté d'oncle Führer quand nous allons prendre le goûter. Elle avait Foxl sur les genoux, mais celle-ci a couru vers moi en agitant la queue quand elle m'a vue. La *Flugkapitän* s'est lavée et changée, ayant enfilé une robe de tata Eva qui est mille fois trop grande et lui cache les pieds. Elle est vraiment minuscule, à part ses dents, qu'elle montre beaucoup quand elle s'esclaffe en voyant Blondi faire ses tours.

Elle nous raconte son voyage. Le général a reçu une convocation du Führer, et il a ordonné à Reitsch de l'accompagner au bunker. Ils ont décollé de Munich dans un petit avion Focke-Wulf. Le pilote qui avait amené M. Speer ici était d'accord pour les transporter à leur tour. Il n'y avait de la place que pour le pilote et un passager, alors le général s'est tassé à côté du pilote et la *Flugkapitän* a dû s'allonger par terre au fond de l'appareil. Ils ont volé très bas avec une escorte de quarante chasseurs de la Luftwaffe. Le temps qu'ils atteignent l'aéroport de Gatow, à la limite de Berlin, presque tous les chasseurs ont été abattus. À l'aéroport, ils sont montés dans un avion encore plus petit, suffisamment petit pour pouvoir atterrir au centre de la ville. Le général a pris les commandes et la *Flugkapitän* s'est installée à côté de lui. Le pilote a refusé d'aller plus loin. Ils ont volé si bas qu'ils pouvaient voir le visage des soldats qui se battaient dans les rues. Soudain, des Russes ont braqué leurs armes vers l'avion. Les balles ont transpercé la carlingue et atteint le général au pied. La *Flugkapitän* a dû se pencher par-dessus lui pour saisir les commandes. Par miracle, elle a réussi à poser l'avion depuis le siège du passager.

Helmut est tout excité d'entendre ça. Maintenant, il dit qu'il veut devenir pilote, comme Harald. Hanna Reitsch lui promet de lui apprendre à voler après la guerre.

Apparemment, oncle Führer lui a dit qu'on était d'excellents choristes, car elle nous demande de chanter « Douce nuit, sainte nuit » et « Sais-tu combien il y a d'étoiles ? ». Comme tata Eva avait la migraine, elle est partie après la première chanson. Elle a drôlement bien fait parce que Heide a voulu faire un solo plein de fausses notes.

Hanna Reitsch a ri de nouveau et a demandé si elle aurait le droit de nous coucher, car elle adorerait nous apprendre d'autres chansons. Maman a dit : « Oui, mais plus d'histoires extraordinaires : les enfants ont besoin de calme au moment du coucher. »

Tata Eva est guérie de sa migraine et aide Hanna Reitsch à nous mettre au lit. J'aurais préféré que Maman le fasse, mais elle se repose.

D'abord, la *Flugkapitän* Reitsch nous apprend la tyrolienne des sept nains de *Blanche-Neige*, faite de « Hey ho ! » et de sifflements. Helmut a une crise de fou rire et elle essaie de nous calmer avec une berceuse vraiment enfantine.

*Dors, bébé, dors !*
*Papa garde les moutons,*
*Maman secoue un petit tronc,*
*Il en tombe un rêve d'or,*
*Dors, bébé, dors !*

*Dors, bébé, dors,*
*Deux moutons sont là dehors,*
*L'un est noir et l'autre est blanc,*
*Et quand tu ne veux pas dormir, petit enfant,*
*Le noir vient et te mord !*
*Dors, petit enfant, dors.*

On la chante une fois tous ensemble, puis elle nous divise en deux groupes et on la reprend en canon. On doit se boucher les oreilles pour ne pas se tromper à cause des autres. Elle dit qu'on devrait la chanter à oncle Führer demain.

À la fin de la chanson, elle nous borde l'un après l'autre. Je lui demande – tout doucement, pour ne pas donner des idées aux autres – si elle pense pouvoir nous emmener loin d'ici. Elle répond que nous sommes à l'endroit le plus sûr. Elle compte rester elle-même pour soutenir oncle Führer, mais même s'il lui donnait l'ordre de repartir, ce serait dans un tout petit avion qui ne lui permettrait pas de nous emmener.

Tout le monde répète que c'est l'endroit le plus sûr, que c'est un honneur d'être avec le Führer et tout ça, mais personne n'a l'air de réfléchir à ce qu'on va faire si nos troupes n'arrivent pas à repousser les Russes.

La *Flugkapitän* Reitsch éteint la lumière et nous quitte. Je n'arrive pas à me sortir la chanson des sept nains de la tête.

# 1941

Papa nous montre le nouveau film qu'il a fait, *Le Juif éternel*. Ça parle des Juifs, de ce en quoi ils croient et de leur manière de vivre. C'est révoltant. Ça montre tous les insectes et la poussière dans les maisons des Juifs, et ça explique que les Juifs sont comme des rats, mais qu'ils peuvent se déguiser pour ressembler à des personnes normales, alors il faut faire très attention. Papa nous dit qu'ils prévoient de faire passer une loi obligeant les Juifs à porter un insigne jaune sur leur manteau pour qu'on puisse les reconnaître facilement. C'est une idée qui vient d'Angleterre, où elle a été appliquée il y a des siècles. Ça empêche les Juifs de faire comme s'ils étaient normaux et de tromper les gens, et ça permet de les attraper tous pour leur faire quitter le pays, comme ils ont fini par faire en Angleterre à l'époque, même s'ils les ont laissés revenir plus tard.

Le film est un peu long, alors tous les autres se sont endormis. Soudain, il y a un avertissement sur l'écran : *Ne regardez pas la suite si vous êtes sensible !* Papa dit qu'il me pense assez grande pour regarder.

Ça parle des boucheries juives. Ça montre des Juifs en train de tuer une vache. C'est vraiment dégoûtant. Ils se servent d'un grand couteau bien aiguisé et lui tranchent la gorge d'un seul coup. Il y a du sang partout. Je ne pensais pas que les vaches avaient autant de sang. Des flots de sang chaud. La pauvre vache essaie mollement de se relever, mais elle reste à convulser pendant des heures avant de mourir. Papa dit qu'oncle Führer va interdire ce genre d'abattage. Je lui demande si je peux devenir végétarienne comme oncle Führer, mais il me répond que je dois attendre d'avoir vingt et un ans. Il me promet malgré tout de ne jamais nous faire manger de la viande tuée par des Juifs.

Je demande ensuite si grand-père Friedländer était comme les Juifs du film. Il se met très en colère et me dit de ne plus jamais l'appeler comme ça, que ce n'était pas mon grand-père et que je n'ai pas le droit de parler de lui. Il ajoute que c'est justement pour protéger des gens comme Mamie B. qu'il faut instaurer cette loi sur les insignes jaunes, pour leur éviter de fréquenter les mauvaises personnes. Je n'ose pas évoquer les amies juives que Maman avait quand elle était petite.

\*
\* \*

106

Après le début de la guerre, en 1914, Maman, Mamie B. et grand-père Friedländer – je ne peux pas l'appeler autrement, je ne connais même pas son prénom – sont retournés à Berlin pour vivre dans une grande villa. Chaque chambre avait été attribuée à des réfugiés. Les célibataires devaient se réunir, mais comme ils formaient une famille, les Friedländer ont eu une pièce pour eux tout seuls – l'une des chambres à coucher de l'étage. Il n'y avait pas d'endroit où cuisiner, alors, à chaque repas, Maman allait avec sa mère à la soupe populaire de la Croix-Rouge et faisait la queue. Grand-père Friedländer passait ses journées à chercher du travail et a fini par en trouver un dans un hôtel de luxe. Ils avaient désormais les moyens de louer un petit appartement. Ils en ont dégoté un dans le quartier juif, où grand-père vivait avant leur départ pour Bruxelles. Maman a été inscrite dans l'école voisine.

Même si elle parlait à présent un allemand correct, elle continuait de penser en français. Elle comprenait ses professeurs, mais lorsqu'elle répondait aux questions, ses phrases commençaient en allemand et se terminaient en français. Ça ne choquait personne, car de nombreux élèves étaient des réfugiés dont l'allemand n'était que la deuxième langue. D'après Mamie B., c'était la première fois que Maman se faisait vraiment des amies.

« Il y avait une fille nommée Lisa, une petite voisine. Elle rentrait de l'école avec ta mère et, la plupart du temps, on les retrouvait toutes les deux dans l'appartement de Lisa, où elles faisaient leurs devoirs. La famille de Lisa avait à l'origine fui la Russie. Son père y était mort, mais la mère de Lisa était une femme forte qui avait réussi à se construire une vie confortable à Berlin, avec son fils et ses deux filles. Ta mère adorait leur rendre visite. Leur appartement était toujours plein de jeunes gens. Le frère aîné de Lisa, Victor, était un sacré personnage – il était très politisé, même à son âge. Il se passionnait pour la Palestine. Il estimait qu'il devait y avoir un territoire juif là-bas, que lui et son groupe appelaient Sion. À l'époque, je pensais que ce n'était qu'une chimère – l'enthousiasme de la jeunesse –, mais avec le recul, je pense qu'il avait raison. Nous nous sommes depuis tous rendu compte que l'Allemagne n'était pas très accueillante avec les Juifs. Ils n'ont pas leur place ici.

» En tout cas, ta mère s'amusait plus chez les Arlosoroff qu'à la maison, en tant qu'enfant unique. Comme ta mère, ils aimaient beaucoup la musique et chantaient toujours autour du piano. Victor organisait des réunions hebdomadaires pour les sionistes. Ta mère y allait parfois. Tout cela l'a bien bouleversée. N'oublie pas que c'était la guerre. La nourriture était rare. Il fallait faire la queue pendant des heures pour obtenir un morceau de pain, et quand on croquait enfin dedans, on découvrait que le seigle semblait avoir été mélangé à de la sciure. Il était difficile de voir la lumière au bout du tunnel. Les nouvelles du front n'étaient pas bonnes. Ces jeunes Juifs formaient un groupe nommé "L'espoir de Sion" – et ils en avaient, de l'espoir ; ils rêvaient d'un monde meilleur, et ta mère adorait ça. Et puis, bien sûr, il y avait Victor lui-même : il n'était pas très joli garçon – du moins, à mon goût, avec ses cheveux en bataille et ses lunettes rondes et noires –, mais son énergie et son autorité étaient indéniables. En ce sens, il ressemblait un peu à ton père. C'était un chef naturel. Je crois qu'ils le percevaient tous comme le premier dirigeant de cette nouvelle patrie qu'ils allaient fonder.

» Ta mère s'est complètement éprise de lui. J'ai d'abord soupçonné la nature de ses sentiments le jour de son quinzième anniversaire. Grand-père Friedländer lui avait rapporté un gâteau de l'hôtel. Oh, il était délicieux – fait avec de la vraie farine blanche et un peu de cacao, ce qui était particulièrement rare à cause du blocus anglais. Il était léger comme une plume. Alors, nous nous sommes concocté un petit goûter d'anniversaire – nous trois, avec Lisa et Dora Arlosoroff. C'était fantastique.

» Le lendemain, Magda est revenue directement de l'école. Sans même ôter son manteau, elle a ouvert la boîte à gâteau. "Maman, il en reste encore plein. On n'arrivera jamais à le finir tous les trois. Je vais en proposer aux Arlosoroff.

» — Eh bien, ai-je répondu, c'est très gentil de ta part, mais tu ne penses pas que Lisa et Dora en ont eu assez, hier ?

» — Peut-être, mais Victor n'était pas là. Et il adore le gâteau."

» Sur ce, elle est repartie avec la boîte sous le bras, abandonnant son cartable là où elle l'avait laissé tomber, devant la porte d'entrée. Ce n'était pas le genre de fille à demander la permission avant d'agir. Quand elle savait ce qu'elle voulait faire, elle le faisait.

» Un an ou deux plus tard, ta mère est entrée en trombe dans notre chambre après une soirée chez les Arlosoroff. "Maman, Papa, j'ai une merveilleuse nouvelle ! Victor m'a demandée en mariage. Et j'ai dit oui. Pas tout de suite, bien sûr. On doit d'abord économiser pour aller vivre en Palestine. On aura une nouvelle vie, là-bas, pas seulement pour nous, mais pour toute la société – une société sans pauvreté ni oppression !"

» Je ne sais pas pourquoi les jeunes pensent toujours avoir toutes les réponses. Et j'ignorais quel argent elle comptait économiser. Elle allait encore à l'école. Néanmoins, elle avait ses rêves et ils la rendaient heureuse.

» La guerre s'est achevée le jour des dix-sept ans de ta mère. Mais ce n'était pas la victoire que nous avions espérée. Il régnait une atmosphère étrange, à Berlin. Il y avait des manifestations et des rixes. On entendait des coups de feu. Des groupes de marins en maraude. C'était dangereux. Je me rappelle que ta mère était rentrée tôt de l'école parce que les rues n'étaient pas sûres. Évidemment, l'empereur avait abdiqué. On avait l'impression que le pays tombait en miettes. Nous n'arrivions pas à croire que nous avions capitulé – et nous ignorions à quelles conditions. C'était une véritable humiliation. Le pire était que nous savions tous que nous n'avions pas perdu une seule bataille. Personne ne nous avait envahis. Nos défenses n'étaient pas entamées. Non. Ce n'était pas la guerre que nous avions perdue, mais les négociations de paix. Tout le monde disait qu'on nous avait planté un couteau dans le dos. L'ennemi ne nous avait pas vaincus, nous avions été trahis. Bien entendu, nombre de gens ont mis cela sur le dos des Juifs. On leur reprochait d'avoir cherché à faire de l'argent au lieu de se battre pour la patrie. Ce n'était pas le cas dans notre voisinage. Nous connaissions plusieurs jeunes Juifs qui avaient perdu la vie au combat – le pauvre Hans Silverstein avait été le premier. Un gentil garçon. Quant à la supposée fortune des Juifs – eh bien, nous n'en voyions guère l'existence. Mais il y avait des incidents, des tensions. Des vitrines brisées. Des crachats dans la rue. Je dois reconnaître qu'il n'était pas facile d'être mariée à un Juif et qu'il fallait fatalement en payer le prix.

» Ta mère avait alors arrêté l'école et convaincu grand-père Ritschel de l'envoyer dans une institution pour jeunes filles. Elle pensait que ça lui ouvrirait les portes de la haute société. Elle m'en voulait beaucoup, car elle estimait que j'aurais dû lui trouver une place dans une bonne famille dès qu'elle avait quitté l'école.

» "Tu ne peux pas t'opposer à mon destin. Qu'est-ce que tu attends de moi ? Que je fasse des travaux d'aiguille et que je passe ma vie dans la banlieue de Berlin ? Sache que j'ai bien l'intention de devenir quelqu'un et que tu ne m'en empêcheras pas !" Voilà le genre de drame auquel on avait droit.

» Naturellement, la vérité était que nous n'avions pas les fonds nécessaires pour lui payer de telles études, mais elle a fini par convaincre grand-père Ritschel. Il lui a offert une nouvelle garde-robe du dernier chic, tout ce dont elle pouvait avoir besoin pour devenir une jeune dame très élégante. Elle s'en est donc allée dans cette académie, perdue dans les montagnes. Et elle en a été très déçue. Un endroit très strict et snob. Et ça n'a pas dû l'aider de s'appeler Friedländer. Je me rappelle combien elle était heureuse en revenant pour ses premières vacances. Ça n'était que pour quelques jours. Elle avait obtenu une autorisation de visite exceptionnelle pour l'anniversaire de grand-père Friedländer. Victor allait avoir vingt et un ans quelques jours plus tard, et elle a pu rester pour les célébrer également. Elle rayonnait avec ses vêtements magnifiques et sa nouvelle coupe au carré. Elle était tout excitée d'être de retour à Berlin et d'y retrouver ses amis. Nous avons passé un excellent dîner en compagnie de grand-père Friedländer, durant lequel nous avons chanté nombre de chansons traditionnelles. Et puis, bien sûr, il y a eu la fête de Victor.

» Je n'ai jamais vraiment su ce qui était arrivé ce soir-là. Elle y est allée le sourire aux lèvres, avec une robe argentée divine et une grosse rose en soie dans les cheveux. Elle était splendide. Mais elle est rentrée tôt, ce qui ne lui ressemblait vraiment pas. Je l'ai entendue claquer la porte d'entrée alors que j'étais sur le point d'aller me coucher. Je savais qu'il était inutile de lui demander ce qui n'allait pas. Elle refusait systématiquement de me parler quand elle était contrariée. Je supposais que cela lui serait passé au matin. Mais non, elle était toujours d'humeur massacrante au petit déjeuner. Elle jouait avec sa bouillie d'avoine au lieu de la manger. Regardait fixement la table. C'est à peine si elle a dit au revoir à grand-père Friedländer.

» Je l'ai accompagnée à la gare, et le trajet a été très silencieux. Et puis, même si nous y sommes arrivées bien en avance, nous n'avons pas pu lui trouver de place assise. Tous les sièges libres étaient réservés. Je l'ai laissée avec ses sacs près d'un compartiment à un bout du train, et je l'ai traversé jusqu'à l'autre bout pour voir si je pouvais lui trouver une place. Le temps que je revienne, elle était confortablement installée dans le compartiment, à discuter avec deux hommes.

» "Mère, j'ai été secourue. Ces deux gentlemen m'ont fort gentiment invitée à me joindre à eux. Permettez-moi de faire les présentations : Maman, Mme Friedländer, voici le Dr Quandt et M. Schwartz.

» — Je vous en prie, il est inutile de nous remercier. Nous devions être rejoints par des collègues, mais ils ont finalement décidé de voyager demain. C'est un plaisir de vous rencontrer."

» Celui qu'elle a appelé le Dr Quandt a bondi sur ses pieds pour me serrer la main. Il devait avoir environ mon âge, il était assez trapu et manifestement presque chauve malgré une mèche rabattue avec soin sur le sommet de son crâne, mais ses yeux bleus pétillaient de vitalité. J'ignorais qu'il s'agissait de l'un des hommes d'affaires les plus prospères d'Allemagne, mais j'ai tout de suite compris qu'il était quelqu'un d'exceptionnel. Ce qui m'a le plus frappée était sa ressemblance étonnante avec grand-père Ritschel.

113

» Toute trace de mauvaise humeur avait disparu. Ta mère m'a embrassée chaleureusement et je suis sortie du train, soulagée qu'elle ait recouvré sa joie de vivre avant de partir.

» Quand je l'ai revue la fois suivante, trois semaines environ avaient dû s'écouler. Elle est arrivée à Berlin sans nous en informer. Grand-père Friedländer était malade. Ma sœur, qui vivait à Magdebourg, venait d'avoir son premier petit-enfant et ma nièce Konstanze m'avait gentiment demandé d'être marraine. Malheureusement, je ne pouvais pas laisser mon mari seul. Il était très faible. J'avais donc demandé à Magda de me représenter en tant que marraine, et une fois encore elle avait obtenu une autorisation de sortie pour cette fête familiale. Elle était censée retourner à l'école tout de suite après le baptême. Cependant, elle n'en avait rien fait et était venue directement à Berlin.

» Elle s'est donc présentée à la maison tôt le matin et à l'improviste, après avoir voyagé toute la nuit. Elle nous a annoncé qu'elle n'avait aucune intention de retourner dans son institution. Naturellement, j'étais inquiète.

» "Peu importe ce que tu pourras dire, il est hors de question que je remette les pieds là-bas.

» — Mais, Magda, ton père a dépensé beaucoup d'argent pour t'y envoyer. Tu ne peux pas gâcher une telle opportunité. Tu ne mesures pas la chance que tu as de vivre dans un endroit aussi magnifique que le Harz. La plupart des jeunes Berlinoises donneraient n'importe quoi pour être à ta place.

» — Un endroit aussi magnifique que le Harz ! Ah oui, on a fait de sacrées balades dans les montagnes. Dans le brouillard. Tout ce que j'ai vu des sommets, ce sont les chaussures de la fille qui marchait devant moi. J'ai des projets plus intéressants. Tu t'en rendras vite compte."

» Le week-end suivant, ta mère et moi étions invitées dans la villa en bord de lac que possédait Gunther Quandt. Grand-père Friedländer était désormais suffisamment rétabli pour rester seul, mais pas assez pour nous accompagner, personne n'a donc été gêné qu'il ne soit pas invité.

» La villa était somptueuse. Un élégant manoir dont les fenêtres s'élevaient du sol au plafond et qui dominait un parc immaculé s'étendant jusqu'à l'eau. "Ma chérie, ai-je chuchoté à Magda, je comprends ton attirance."

» Ce n'était clairement pas la chose à dire. Elle m'a entraînée à l'écart et m'a fusillée du regard. "Ne te méprends pas, Maman, je ne l'épouserai pas si je ne l'aime pas."

» Mais elle l'a épousé. Ils ont annoncé leurs fiançailles cet été-là, le jour du trente-neuvième anniversaire du Dr Quandt. Il avait un peu plus de deux fois son âge. Il était veuf. Sa première épouse était morte de l'épidémie de grippe espagnole après la guerre. Il avait deux fils, Helmut et Herbert, qui devaient avoir onze et treize ans à l'époque.

» Ils se sont mariés en janvier 1921. Ton demi-frère Harald est né l'année suivante. Ta mère s'est convertie au protestantisme pour épouser Gunther et elle a changé de nom avant le mariage. Elle l'a épousé en tant que Magda Ritschel. Gunther ne voulait pas se marier avec quelqu'un qui portait un nom juif. Les choses devenaient alors difficiles entre grand-père Friedländer et moi et, à dire vrai, nous nous sommes séparés à peu près au même moment. Nous ne pouvions plus continuer. Le monde avait changé. La situation des Juifs avait changé. Gunther ne voulait pas d'un Juif dans la famille. Il ne voulait rien avoir en commun avec eux. J'ai dû choisir entre le monde de ma fille et celui de mon mari – il va de soi que ma fille passait d'abord. »

*
* *

Je crois que je devais avoir huit ans quand la guerre d'oncle Führer a vraiment commencé à avoir une influence sur nos vies. Avant cela, il y avait eu quelques bombardements, ce que je trouvais assez excitant, mais depuis lors, la guerre devenait ennuyeuse. Nous avons dû aller vivre chez les Göring dans l'Obersalzberg. Maman trouvait qu'on ne dormait pas suffisamment à cause des raids aériens à Berlin.

Les Göring sont effrayants. Par chance, le maréchal du Reich Göring – on nous a dit de l'appeler oncle Hermann – était rarement là. Il est atrocement gros ; son visage grassouillet est toujours sillonné de gouttes de sueur, et il respire très fort, comme s'il était sur le point de mourir. Tata Emmy – la Haute Dame, comme la surnomment les domestiques – était toute en soie et poudre de riz ; elle glissait d'une pièce à l'autre dans des robes lavande flottantes. Quand elle parlait, elle se tapotait les cheveux et regardait dans le vide, et ses mots s'envolaient avant qu'on les comprenne. La plupart du temps, elle était elle aussi en déplacement, rendant visite à ses plus vieux enfants, en Suisse. Eddakins, leur fille adorée, devait avoir environ trois ans. Elle avait de petites bouclettes ridicules et un sale comportement d'enfant gâtée.

Leur maison dans l'Obersalzberg semblait être le toit du monde. Même si on était en face de hautes montagnes enneigées, on avait l'impression d'être dans le ciel. La demeure en elle-même était immense. De l'extérieur, on avait un peu le sentiment d'être dans un conte de fées, mais à l'intérieur, tout était extrêmement moderne et luxueux – il y avait des tas de tapis, de tables basses inutiles et de cendriers en verre qu'on n'avait pas le droit de toucher. Il y avait des pelouses et des bois, ainsi qu'une piscine. Soi-disant tout ce dont on pouvait rêver. J'ignore donc pourquoi c'était horrible ; pourtant, ça l'était.

Nous n'y étions que depuis deux jours quand Maman nous a annoncé au petit déjeuner qu'elle allait devoir partir en début d'après-midi pour aller reposer son cœur dans sa clinique de Dresde. Je me rappelle avoir eu la nausée. Aucun des autres ne semblait l'écouter. Elle a dit : « Mlle Oda va veiller sur vous jusqu'à ce que je sois suffisamment remise pour revenir. Ça ne sera pas long. » Mais il ne faisait aucun doute que ça allait l'être.

Nous détestions tous Mlle Oda. Nous la surnommions Écouteurs, parce qu'elle avait un macaron de cheveux tressés sur chaque oreille. En plus, c'était une vraie faux jeton. Elle se montrait toujours polie devant Maman ou les Göring, mais affreusement désagréable quand ils n'étaient pas là. Elle accusait tata Emmy d'aimer les Juifs. « La Haute Dame nous a abandonnées, pas vrai, Eddakins ? Elle est partie retrouver ses amis juifs en nous laissant avec ces jeunes vandales. Personne ne m'a demandé si je pouvais m'occuper d'eux. Non. Maman et Papa ne peuvent pas se charger de ces pauvres chéris, alors ils nous les refourguent. J'en ai plus qu'assez de courir après les réfugiés. Et qu'est-ce que j'y gagne ? Pas un merci. Quant à la Petite Demoiselle (ça, c'était moi), elle se croit meilleure que tout le monde. C'est une sale petite sournoise, qui jacasse au téléphone avec la famille de sa Maman chérie en faisant croire qu'elle est brimée. Elle est gâtée à mort, si tu veux mon avis. »

Edda Göring était tout aussi horrible et cherchait sans cesse à nous attirer des ennuis : « Odie, Odie, Helmut est méchant avec moi. » Odie Écouteurs la croyait toujours et envoyait Helmut au coin. C'était tellement injuste. Il essayait très fort de ne pas pleurer, parce que si on apercevait la moindre larme, Écouteurs se mettait à chanter :

*Pleure, bébé, pleure*
*Dans l'œil mets-toi le doigt*
*Dis à ta mère que ça n'était pas moi !*

Maman nous téléphonait une fois par semaine. Parfois, Papa appelait également.

118

« Maman, chuchotais-je, Mlle Oda est vraiment méchante.

— Allons, Helga. Ne raconte pas d'histoires. Tu t'es bien amusée au toboggan ?

— Je déteste cet endroit. Pourquoi on ne peut pas rentrer à Berlin ? Je m'en fiche, des raids aériens.

— Helga, c'est la guerre. Nous devons tous consentir des sacrifices. Ne fais donc pas d'histoires. Je ne veux pas que tu perturbes tes frère et sœurs. Tu peux me passer Holde, maintenant ? »

Tous les jours, c'était la même routine. Des leçons le matin, avec Mme Kleinwort, qui avait environ deux cents ans et marchait avec une canne qu'elle tapotait impatiemment sur le sol quand quelqu'un – généralement Helmut – n'écoutait pas. Elle répétait toujours, de sa voix chevrotante : « Allons, allons, allons, nous avons vu cela hier. » Les matinées duraient des éternités.

Le déjeuner était le meilleur moment de la journée. Il y avait toujours des desserts – du strudel, du riz au lait, des tartelettes à la confiture –, le tout servi avec des tonnes d'une crème jaune et épaisse. Chez nous, la nourriture était rationnée, comme partout ailleurs en Allemagne. Maman nous a expliqué que les Anglais essayaient de nous affamer en empêchant les bateaux d'effectuer leurs livraisons, alors il fallait partager équitablement avec tout le monde, pour que personne ne meure de faim. Papa a même annoncé à la radio que quiconque mangerait plus d'une ration serait exécuté. C'est extrêmement important. Si on ne partage pas équitablement, tous les Allemands mourront. Le beurre, le lait, les œufs, la viande et la confiture sont tous rationnés et chaque personne n'en a qu'un tout petit peu. À la maison, la cuisinière a organisé le réfrigérateur pour que nous ayons tous notre propre compartiment, afin qu'il soit plus facile de ne pas mélanger nos rations. En fait, ce n'est pas juste, car Heide, Hedda et Holde ont plus de lait et d'œufs parce qu'ils sont plus jeunes, ce que je trouve ridicule parce que j'ai un bien plus gros ventre à remplir.

Bref, personne ne semble avoir dit aux Göring qu'ils seraient exécutés s'ils ne se contentaient pas de leurs rations. Ils avaient des réserves infinies de beurre, de crème et de lait venus de la ferme – et des tas d'autres choses dont nous étions privés depuis des lustres, comme des bananes, des oranges, des bonbons et des chocolats. Je ne sais pas où ils ont trouvé tout ça. J'ai décidé d'en profiter tant qu'on était là, sans me sentir trop coupable de ne pas pouvoir apporter une cuillerée de crème glacée aux villageois dans la montagne ; en plus, la nourriture était la seule chose intéressante chez les Göring.

Tous les jours, après le déjeuner, nous faisions une petite sieste. Je n'avais jamais besoin de dormir, mais il n'y avait absolument aucun livre intéressant chez les Göring, et nous avons bien vite fini ceux que nous avions apportés. Puis nous avions une heure d'activités extérieures obligatoire, quel que soit le temps. Edda arrivait généralement à en être dispensée – souvent à force de pleurnicheries –, mais pas nous. Puis il y avait un goûter géant avec une quantité de gâteaux aux pommes ou au chocolat, parfois des beignets à la confiture ou même des biscuits au gingembre. Puis cours de musique, jeux à l'intérieur, tartine de beurre et chocolat chaud, et pour terminer le bain et le coucher. Exactement pareil chaque jour. Jamais de sorties. Jamais de surprises. Ce qui me laissait beaucoup trop de temps pour réfléchir à quel point Papa et Maman me manquaient.

Nous partagions tous une grande chambre d'enfants avec six lits, alors que la petite Edda avait sa propre chambre avec salle de bains, toute peinte en rose. À côté de son lit, il y avait une imposante photographie de centaines d'avions survolant Berlin pour célébrer sa naissance. Son père avait organisé cette grande exhibition parce qu'il était le chef de l'armée de l'air.

Maman est partie pendant des siècles. Elle nous a laissés à l'hiver pour ne revenir que l'été suivant. Et là, elle nous a emmenés. Je ne sais pas comment elle s'est enfin rendu compte que nous ne supportions plus cet endroit.

*
* *

Nous avons ensuite habité dans une station thermale nommée Bad Aussee. Nous y sommes arrivés par une magnifique journée d'été, et tous les habitants sont sortis nous accueillir. La route principale était bordée de gens agitant des drapeaux ornés de la croix gammée. Ils applaudissaient, nous acclamaient et lançaient des « Heil Hitler » sur notre passage.

Bad Aussee ressemblait à une ville de jouet. Rien n'y avait été bombardé ou endommagé. Les maisons – de grosses bâtisses carrées – étaient peintes en blanc, bleu et jaune lumineux. De grands hôtels étaient là pour accueillir les visiteurs venus profiter des bains. Des églises au haut clocher pointu évoquaient les montagnes alentour. Tout aurait pu sortir droit d'un dessin de Helmut. Une large rivière coulait au milieu du village et notre nouvelle Nounou, Rosi, nous y emmenait faire des promenades et nourrir les canards. Même si nous n'avions pas grand-chose à leur donner. Nous étions de nouveau rationnés, mais bien plus heureux que chez les Göring. Papa est venu quelques jours pour nous rendre visite, et quand il est reparti avec Maman, les petits se sont accrochés à ses jambes. Il les a traités de crampons. Je suis la seule à avoir réussi à ne pas pleurer. Papa a dit qu'il était très fier que je me comporte de façon si adulte.

# Sixième jour dans le bunker

## *Vendredi 27 avril 1945*

Je me réveille une fois encore en sursaut. Pendant une fraction de seconde, je ne sais que vaguement qui je suis et où nous sommes. Je scrute les ombres. Je tends l'oreille. Est-ce du russe que j'entends ? À quelle distance sont les coups de feu ? Est-ce que la ventilation est en marche ?

Comme toujours, j'hésite à allumer la lumière pour lire l'heure. Je ne le fais pas, car on pourrait très bien être au milieu de la nuit et je ne veux pas réveiller les autres. Je prends donc mon mal en patience et attends, attends et attends les bruits de pas rapides et légers de Mme Junge.

Aujourd'hui, nous nous sommes habillés sans trop de bruit, par rapport à d'habitude. Personne n'a couru, et ni Heide ni Helmut n'ont fait les fous.

De la bouillie d'avoine pour le petit déjeuner. J'essaie de ruser en la plaquant du dos de ma cuillère contre les rebords de mon bol, mais Mme Junge s'en rend compte, je prends donc sur moi d'enfourner une petite bouchée de ces horribles grumeaux gris. Je dois bien reconnaître que ce n'est pas si mauvais. Un peu liquide, peut-être, mais j'ai ajouté une tonne de sucre pour que ça passe mieux. Je suis contente, parce qu'on peut avoir autant de sucre qu'on veut, ici.

Après le petit déjeuner, Papa est sorti du bunker du Führer et nous a tous gratifiés d'une tape sur la tête. Il nous a raconté deux blagues. « Combien y a-t-il de vitesses sur un char russe ? Quatre : une marche avant, trois marches arrière. » « Pourquoi les chars français ont-ils des rétroviseurs ? Pour qu'ils puissent regarder les combats. » Elles ont bien fait rire Helmut.

Papa nous a répété son petit discours comme quoi nous sommes un exemple pour tous les Allemands, car nous montrons notre loyauté au Führer durant ces heures sombres. L'histoire se souviendra de nous et honorera notre courage. Il nous dit qu'il a annoncé tout cela à la radio. Puis il est retourné dans le *Führerbunker*, où il s'est enfermé avec son secrétaire, M. Naumann. M. Naumann ne monte jamais dans le pré-bunker, ce qui est bizarre étant donné qu'il était le « roc » de Maman et qu'il a vécu avec nous presque toute l'année dernière.

Quand Liesl vient ranger notre chambre, j'en profite pour discuter avec elle. Elle aime bien que les couvertures soient parfaitement lisses et, une fois qu'elle s'est assurée qu'il ne reste plus un seul pli, elle donne au lit une petite tape de félicitations et passe au suivant. Quand elle a fini, elle s'assied sur l'une des couchettes du bas et je m'installe dos à elle pour qu'elle puisse démêler mes tresses et m'en faire d'autres. Je lui demande ce qu'elle pense qu'il va arriver. Elle croit qu'il est encore possible de partir, mais qu'oncle Führer doit rester pour protéger la capitale, que tata Eva doit rester pour veiller sur oncle Führer, et qu'elle-même doit prendre soin de tata Eva. Je lui répète que Papa veut que nous soyons là pour montrer notre loyauté au Führer, et elle acquiesce.

« Est-ce que tata Eva a pu t'aider à avoir des nouvelles de Peter ? Elle doit sûrement pouvoir trouver l'un des généraux de son régiment, non ?

— Oh, non. Je ne veux pas l'ennuyer avec mes soucis. Elle a déjà assez de problèmes comme ça.

— Ah bon ? Elle a toujours l'air de si bonne humeur.

— Elle fait de son mieux pour rester enjouée et faire plaisir au Führer.

— Maman dit que c'est aussi notre travail. Tu aimerais avoir des enfants un jour, Liesl ?

— Beaucoup. J'en voudrais quatre.

— Vraiment ? Moi, je n'en veux que deux. Les enfants réclament beaucoup d'attention. »

Liesl éclate de rire. « Tu as déjà une tête d'adulte sur tes épaules de jeune fille.

— Où est-ce que vous habiterez, toi et Peter, quand vous serez mariés ?

— Il y a un petit cottage sur la ferme de mes parents, j'espère que nous pourrons nous y installer. Je pourrai les aider sur l'exploitation, et Peter pourra aller travailler au magasin à bicyclette.

— Qu'est-ce que tu vas faire, à la ferme ?

— Plein de choses. Traire les vaches, nourrir les bêtes, aider Maman à mettre en bouteilles et à faire des conserves. Mes frères s'occupent du gros travail.

— Tu as combien de frères ?

— Deux, Hans et Max.

— Plus vieux ou plus jeunes ?

— Tous les deux plus âgés.

— Est-ce qu'ils sont mariés ?

— Non.

— Alors ils vivent toujours à la maison ?

— Oui. Enfin, avant la guerre. Max est en Angleterre, aujourd'hui.

— En Angleterre ?

— Il a été fait prisonnier par les Anglais.

— Comme mon frère Harald. Maman dit que c'est la meilleure chose qui pouvait lui arriver. Au moins, il ne risque plus rien. »

Liesl opine du chef.

« Et Hans ? »

Elle secoue la tête.

« On ne sait pas. »

Je m'adosse contre elle et elle me berce dans ses bras. Ça fait drôlement du bien d'être étreinte et de se sentir protégée. Nous restons dans cette position jusqu'à ce que Heide entre en trombe à la recherche d'une cachette.

Comme je ne suis pas d'humeur à jouer à cache-cache, je descends dans le *Führerbunker* pour aller voir les chiots. Maman et tata Eva sont dans le couloir avec Mme Junge. Elles discutent avec l'un des soldats. Le jeune, celui qui doit avoir mon âge, peut-être un peu plus. Il a les cheveux très, très courts, presque rasés. Il est couvert de poussière. Son uniforme, ses bottes, sa tête, son visage... tout est complètement gris en dehors de ses yeux noirs. Tata Eva sort un mouchoir de sa poche et le lui tend. Il s'en sert pour s'essuyer le visage, mais ne parvient qu'à étaler un peu plus la saleté. Puis elle se saisit du pichet posé sur un chariot et lui verse un verre d'eau. Quand il le prend, il lui échappe des doigts et se fracasse par terre. Tata Eva le sert de nouveau. Elle humecte son mouchoir et le frotte doucement autour des yeux. « Calme-toi, calme-toi », lui répète-t-elle gentiment, comme si elle parlait à un petit chien. Je ne pense pas que Maman ait réellement remarqué le garçon. Ou moi. Elle a la main plaquée contre le front, comme si elle avait la migraine. Je crois même qu'elle a les yeux fermés. Je ne peux pas m'arrêter de regarder. Tata Eva appelle une domestique pour qu'elle ramasse le verre brisé. Puis le soldat s'en va à toute allure. J'espère que je le reverrai.

Tata Eva me voit dans l'escalier et m'adresse un grand sourire. « Je sais ce que tu cherches – viens avec moi, je vais te montrer ! » Tous les chiots sont endormis sur son lit. Je m'allonge pour me blottir contre eux ; ça les réveille, et ils se mettent à frétiller, à gigoter et à se grimper les uns sur les autres. Je caresse Foxl derrière les oreilles, à un endroit qu'elle adore. Tata Eva est en train de rectifier son maquillage quand Mme Junge arrive dans tous ses états, sans se soucier de savoir si elle dérange, ce qui ne lui ressemble pas.

« Le Führer cherche l'*Obergruppenführer* Fegelein. »

Tata Eva semble surprise. « Hermann ? Je ne sais pas du tout où il est. Je ne crois pas l'avoir vu depuis plusieurs jours. C'est à quel sujet ? Avons-nous eu des nouvelles de Gretl ?

— Je... Je n'en suis pas sûre. Je pense que vous feriez bien de venir. »

Tata Eva me laisse avec les chiots. Apparemment, oncle Führer aurait peut-être reçu un message annonçant la naissance du bébé de Gretl, la sœur de tata Eva.

Je ne reste pas seule bien longtemps, car les autres abandonnent leur partie de cache-cache et viennent voir les chiots à leur tour. Mme Junge revient – elle est bien plus calme, cette fois – nous chercher pour le déjeuner. Elle ne veut pas me dire ce qui s'est passé, je ne sais donc toujours pas si tata Eva a eu un neveu ou une nièce.

Le déjeuner est mangeable. De la purée de pommes de terre et des œufs sur le plat. Nous retournons ensuite sur nos couchettes, et Hilde lit l'histoire de Blanche-Neige à voix haute. Helmut nous propose de monter le conte en pièce de théâtre, avec des tas de *iodles* de nains. On veut bien essayer, tant qu'il ne fait pas l'andouille. J'interprète Blanche-Neige, Hilde, la Reine-sorcière, et tous les autres jouent les nains, Helmut faisant aussi le prince. Je me trouve excellente quand je dois mourir empoisonnée et que je m'empoigne la gorge, les yeux écarquillés. Tous les petits nains sanglotent bruyamment. C'est très spectaculaire. Nous répétons deux fois puis tombons d'accord pour faire une représentation aux adultes. Nous prévoyons d'organiser ça au goûter, mais comme personne ne vient nous chercher et que ma montre annonce seize heures, nous décidons d'aller jeter un coup d'œil.

Il n'y a que les soldats habituels dans le couloir. La porte de Maman est fermée. Nous descendons l'escalier jusqu'au *Führerbunker* pour voir si nous trouvons Mme Junge, tata Eva ou Liesl.

Nous entendons une porte claquer. Quelqu'un crie. Nous nous accroupissons sur les marches pour essayer de découvrir de quoi il retourne sans être vus. Papa, oncle Führer et M. Bormann arrivent dans le couloir du bunker du bas.

Ils vont et viennent dans le corridor, oncle Führer ouvrant la marche en vociférant furieusement. Il agite un grand morceau de papier déchiré – une carte, à mon avis. Il finit par la jeter par terre. Papa est livide, mais M. Bormann a la même tête que d'habitude : il est tellement engoncé dans son costume qu'il peut à peine parler et oscille très légèrement. On ne peut jamais deviner ce qu'il pense. C'est tout le contraire de Papa : toutes ses émotions se lisent sur son visage. Oncle Führer s'énerve : « Les traîtres ! Les lâches ! » Il est rouge écarlate. Nous parvenons à remonter sans nous faire remarquer. Mlle Manziarly est en train de préparer les gâteaux et le chocolat chaud dans le couloir du pré-bunker.

Elle dit qu'oncle Führer est trop occupé pour venir prendre le goûter aujourd'hui. Ça se voit. Et donc, pas d'harmonie à trois voix ni de représentation de *Blanche-Neige*. Nous mangeons notre goûter en silence en tendant l'oreille pour entendre d'autres portes claquer et d'autres hurlements, mais il n'y a plus un bruit.

Nous ne savons pas vraiment quoi faire après le goûter. Nous essayons de répéter une nouvelle fois, mais tout le monde est grincheux. Helmut n'arrête pas de tout gâcher en éclatant de rire chaque fois que je meurs. Puis Hilde se fâche parce qu'elle veut être Blanche-Neige et pas la Reine-sorcière, alors nous changeons d'activité et décidons d'aller voir les chiots. Encore.

Le couloir du *Führerbunker* est de nouveau désert. Comme les chiots ne sont pas dans leur petite pièce, nous allons voir s'ils se trouvent dans la chambre de tata Eva. Nous nous apprêtons à frapper quand nous entendons un puissant hurlement. Nous remontons aussi vite que possible au pré-bunker. Je ne sais pas ce qui se passe. Je suis à peu près sûre que c'est tata Eva qui a crié. Peut-être que ça a un lien avec le bébé de Gretl – ou avec le fait qu'oncle Führer est tellement en colère.

Quand nous arrivons en haut, Maman nous dit qu'elle nous cherchait partout. Elle nous emmène dans notre chambre.

« Écoutez bien, les enfants. J'ai quelque chose d'important à vous dire. Assieds-toi, Heide. »

Pendant un instant, je crois qu'elle va nous expliquer ce qui se passe.

« Vous savez que je suis très fière de vous. Vous avez tous été très sages et vous n'avez pas fait d'histoires. Vous êtes de vrais petits soldats. Et comme nous vivons tous comme des soldats, nous allons recevoir une injection spéciale qui donne de la force aux soldats.

— Pourquoi ?

— Eh bien, parce que nous sommes nombreux à vivre ici et que si l'un d'entre nous tombait malade, cela se propagerait très rapidement. Nous devons donc nous faire faire cette petite piqûre pour nous protéger des microbes.

» J'irai trouver le Dr Kunz ce soir pour lui demander de venir vous faire vos injections. Mme Junge risque d'être occupée toute la soirée, car oncle Führer a beaucoup de lettres à lui faire taper. L'une des infirmières, Mlle Flegel, est d'accord pour vous mettre au lit. Elle est très gentille et je suis sûre que vous serez tous très obéissants et que vous ne lui causerez pas de souci.

— Maman, est-ce qu'on peut vous jouer notre pièce ? lui demande Holde.

— Je n'en suis pas très sûre, ma chérie. Tout le monde est très pris, pour l'instant. C'est un moment très important.

— Est-ce que la guerre va finir bientôt ? demande Helmut.

— Oui, très bientôt. Et en attendant, nous allons tous être bien sages et courageux. »

Je ne comprends pas très bien pourquoi on doit se faire faire cette piqûre si la guerre se termine bientôt.

Mlle Flegel est effectivement gentille, même si je n'aime pas son allure. Elle a une tête complètement carrée et des cheveux bruns lissés en arrière. Elle s'occupe du général von Greim et nous explique que sa jambe – apparemment, il n'était pas blessé qu'au pied – va guérir. Elle dit que nous avons les meilleurs docteurs du monde ici, dans le bunker. Elle nous fait chanter la chanson que Hanna Reitsch nous a apprise, puis elle éteint la lumière et fredonne jusqu'à ce que tous les petits soient endormis. Elle nous chante une berceuse que Mamie aimait beaucoup :

*Dors, dors dans ta jolie tombe,*
*Les bras de ta maman te protègent.*
*Tous tes rêves et tous tes biens,*
*Elle les garde contre son sein.*

*Dors, dors dans le giron de la terre,*
*Cerné de bruits d'amour,*
*Un lis, une rose,*
*T'appartiendront à ton réveil.*

Après son départ, je tente de parler à Hilde, mais elle est à un million de kilomètres de moi. Elle dit qu'elle a envie de dormir. Elle s'aspire les joues et se tourne vers le mur. Je crois l'entendre pleurer, mais c'est difficile d'être sûre avec le fracas des obus. Elle a remonté sa couverture sur sa tête et m'a dit de me taire. Il faut toujours qu'elle voie le mauvais côté des choses. Qu'elle voie le verre à moitié vide. Et je ne peux rien y changer.

132

J'essaie de penser à Liesl dans son cottage avec tous ses enfants. Puis j'entends de la musique. Seulement des bribes, qui viennent remplacer le silence entre deux tirs de mortier. Des bruits de course et des violons qui gémissent. Je demande à Hilde si elle les entend aussi, mais elle ne répond pas. Peut-être qu'elle dort. Je finis par m'assoupir au son de la musique et des explosions, et je rêve au soldat poussiéreux.

# 1942

L'été de mes dix ans, nous avons fait un film pour Papa. C'était une idée de Maman. Nous passions les vacances à la campagne, loin des bombardements – à Schwanenwerder, puis au château de Lanke, et enfin dans une ferme dans le petit village d'Obergau. Papa avait dû rester à Berlin pour le travail. Nous voulions qu'il puisse découvrir la patrie dans toute sa gloire estivale.

C'était assez drôle de tourner ce film, parce que nous avons fait plein de choses sympas : nager, monter à cheval, jouer avec les animaux de la ferme, pique-niquer dans les bois... À un moment, nous avons même filmé la visite du *Generalfeldmarschall* Rommel. C'est mon général préféré. Nous nous sommes mis en rang devant l'escalier et nous lui avons offert des fleurs à son arrivée. Nous étions tous d'une sagesse exemplaire, même Heide, qui ne faisait pas toujours beaucoup d'efforts quand on tournait. À vrai dire, le film commence même par Heide qui se plaint que Papa lui a fait mal en lui donnant la fessée, ce qu'on aurait à mon avis dû couper, mais Maman disait que Papa trouverait ça drôle. Maman dit que Papa aime bien voir des traits d'esprit. Je déteste ça chez les adultes. Ils nous inculquent qu'on doit être sage et ne pas faire d'histoires et, quand on s'y applique, on se rend compte que sa petite sœur est vraiment adorable quand elle se comporte comme une polissonne.

Mon anniversaire a eu lieu pendant les vacances, et on a filmé Maman en train de m'offrir un accordéon. Et on m'a filmée en train d'en jouer vraiment très mal. C'est le passage le plus gênant du film – du moins, en ce qui me concerne. L'enregistrement se termine par la rentrée des classes à Wandlitz. On y voit Helmut pendant les cours.

Ça commence par un « Heil Hitler » collectif.

« Aujourd'hui, dit le professeur, je suis d'humeur curieuse. J'aimerais savoir ce que vous aimeriez faire quand vous serez adultes. » Le professeur est déjà plus qu'adulte – c'est l'un de ceux qu'on a tirés de leur retraite comme tous les autres sont partis à la guerre. Il est maigre et pratiquement chauve, avec juste une petite couronne de cheveux blancs.

Presque toutes les mains de la classe se lèvent. Helmut est interrogé. Il se met debout très élégamment, les bras tendus le long du corps. Ça fera plaisir à Papa.

« Je voudrais être forestier.

— Ça me plairait aussi », répond le professeur. Helmut se rassied, et le vieil homme interroge un autre élève. Il ne choisit que des garçons. Un autre voudrait être forestier. Et encore un autre rêve de devenir chasseur.

Enfin, il choisit une fille. « Margaret ? »

Elle se lève avec un grand sourire. « Infirmière.

— C'est un bon travail pour une femme. Certains métiers conviennent aux filles, d'autres aux garçons. Regardez-moi toutes ces mains levées. Je ne peux malheureusement pas vous interroger tous. Helmut, dis-nous pourquoi tu veux devenir forestier. »

Helmut se relève d'un bond. Cette fois, il bégaie. « Parce que j'aime être avec des animaux et que j'aime être dans une jolie forêt.

— Oui, le métier de forestier est bon et sain. Quelles qualités faut-il pour être forestier ? »

Encore une fois, il ne choisit que des garçons. Certains disent qu'il faut savoir tirer, d'autres qu'il faut être bon en maths.

« C'est vrai. J'ai un ami forestier. Il chasse les canards. Il y en a dix en tout. Il en tue un, combien en reste-t-il ? »

Presque tout le monde lève la main, mais pas Helmut.

« Helmut ? »

Mon frère se lève une fois encore. Il n'écoutait pas. Il bredouille de nouveau. « Autant qu'avant, moins un.

— Et combien cela fait-il ? »

Un silence ; Helmut cherche du soutien dans la salle. Nombre de mains se lèvent et s'agitent.

« Combien y en avait-il au début ? »

Une longue pause. « Sept ? »

— Essaie encore. »

Quelqu'un a dû souffler.

« Dix.

— C'est exact. Et combien ont été abattus ?

— Un seul.

— Exact encore. Et donc, combien en reste-t-il ? »

On peut lire le soulagement sur le visage de Helmut : il se croit tiré d'affaire. « Dix moins un égale neuf. Il reste donc neuf canards.

— Non. Il n'y en a plus. Qui peut m'expliquer pourquoi il n'y en a plus ? »

Cette fois, il choisit une fille.

« Alors, Helmut. Tu as écouté ce qu'elle vient de dire. Alors, dis-nous pourquoi il ne reste aucun canard. »

Helmut répète les mots de sa camarade en bafouillant : « Parce que les canards ont eu peur du coup de fusil et se sont tous envolés ! »

*
* *

Mamie B. a passé tout l'été avec nous. Quand je n'arrivais pas à dormir, je descendais dans la soirée et elle demandait à l'une des bonnes de me préparer un lait chaud, et nous nous asseyions ensemble sur le sofa. Là, elle faisait de la broderie et moi du tricot, et elle me parlait du bon vieux temps, commençant là où cela lui plaisait, en fonction de son humeur.

« Bien sûr, le mariage de ta mère avec Gunther Quandt n'a pas duré. La différence d'âge était trop grande. Mais je crois que ce qui y a vraiment mis un terme est la mort de son beau-fils Helmut. Ta mère était dévastée. Il n'avait que dix-huit ans. Il a eu une appendicite. Il n'aurait pas dû mourir, mais il étudiait, d'abord à Londres, puis à Paris, et ces imbéciles de médecins anglais et français ne savaient pas ce qu'ils faisaient. À Londres, ils lui ont conseillé d'éviter la nourriture épicée et de dormir avec une bouillotte. Il était de plus en plus malade. Finalement, un médecin français a diagnostiqué son problème et l'a opéré, mais c'était trop tard, l'appendice avait explosé et l'infection s'était répandue dans tout le corps. Magda et Gunther se sont précipités de Berlin. Il était à l'agonie. Même la morphine ne suffisait pas à apaiser sa douleur. Magda est restée à son chevet pendant trois jours. Il est mort dans ses bras, pendant que Gunther errait dans les rues. Je ne pense pas qu'ils en aient jamais reparlé. Ça a porté un coup fatal à leur mariage. Une plaie trop douloureuse pour cicatriser. Deux ans plus tard, ils ont divorcé et, pour être honnête, Gunther s'est montré généreux avec elle, et il a toujours été un bon père pour Harald. Il l'a autorisé à vivre avec elle, sauf si elle se remariait, ce qu'elle a évidemment fini par faire quand elle a rencontré ton père. Harald devait avoir environ dix ans. Mais même alors, Gunther a fait en sorte de vivre suffisamment près de ta mère afin que Harald puisse passer l'essentiel de son temps avec elle.

— Qu'est-il arrivé à Victor, l'ami de Maman ?

— Eh bien, il a suivi son rêve, et il en est mort. Il est parti vivre dans la nouvelle patrie juive en Palestine, et je crois qu'il est devenu l'un des négociateurs principaux avec les gouvernements britannique et allemand. Mais un soir, il se promenait sur la plage avec sa femme quand deux hommes se sont approchés. Il paraît qu'ils se sont présentés devant Victor pour lui demander l'heure. Et le temps qu'il sorte sa montre de gousset, l'un d'eux l'avait abattu. Il y a eu des cérémonies de souvenir pour lui dans quatre pays différents – tu n'étais alors qu'un bébé ; celle de Berlin a eu lieu dans la salle de concert de l'Orchestre philharmonique. C'était incroyable. Des milliers de personnes ont dû y assister. On raconte que les rues alentour étaient noires de monde. Cela a dû apporter un peu de réconfort à sa mère. Bien entendu, la tienne n'a pas pu s'y rendre : cela aurait fait mauvais genre pour l'épouse de Joseph Goebbels d'assister aux funérailles d'un Juif. Surtout après tout le tapage lié à la question juive. Pourtant, j'imagine qu'elle ne l'avait pas oublié. »

J'aimais bien qu'on me raconte la rencontre entre Maman et Papa.

« Eh bien, c'est à eux qu'il faut le demander. Tout ce que je sais, c'est qu'après son divorce ta mère cherchait de quoi s'occuper. Tout le monde ne parlait que des nazis : comment ils allaient révolutionner le pays, et ainsi de suite. L'une de ses amies l'a amenée à un rassemblement. C'est la première fois qu'elle a vu ton père. Je me souviens de l'avoir retrouvée dans un café peu après. Elle m'a fait part de son intention de travailler comme bénévole au bureau de ton père.

» "Maman, m'a-t-elle dit. Je n'avais jamais rien vu de pareil. Une telle énergie. Une telle intelligence. Cet homme est électrique. Il va transformer l'Allemagne."

» Ta mère a toujours aimé les hommes puissants, toujours. Je me demande si tu seras comme elle. »

*
* *

L'année s'est achevée sur l'un de nos plus tristes Noëls. Tout a commencé par une visite au sanatorium pour aller voir Maman. C'était environ deux semaines avant Noël, et nous étions censés fêter l'anniversaire de mariage de Papa et Maman. Celle-ci se remettait d'une crise cardiaque. Elle avait l'air vieille sans son maquillage, et elle avait de gros cernes noirs sous les yeux. Nous avions ramassé plein de lierre et de laurier parce que nous n'avions pas de fleurs dans le jardin.

Nous avions prévu de lui chanter des chants de Noël, mais comme elle avait mal à la tête, nous nous sommes contentés d'une berceuse toute calme :

*Sais-tu combien il y a d'étoiles*
*Sous la toile bleue du firmament ?*
*Sais-tu combien de nuages vagabondent*
*D'un bout à l'autre de notre monde ?*
*Le Seigneur Dieu les a toutes comptées*
*Pas une seule ne manque*
*Dans ce long recensement.*

Nous pensions qu'elle serait rentrée pour Noël, mais elle n'était pas en assez bonne santé. Ce qui signifie que nous n'avons pas emballé les cadeaux

141

pour les pauvres, alors que c'est un de mes moments préférés. J'aide toujours à tenir le papier pendant que Maman attache les rubans, et la salle à manger est tellement confortable avec le feu dans l'âtre, toutes les lampes allumées et le magnifique papier cadeau déroulé sur la table. On ne retrouve jamais les ciseaux et j'ai toujours des épingles et des aiguilles qui se plantent dans mes jambes, mais à la fin de l'après-midi, on a deux grosses piles de cadeaux – une pour les pauvres, l'autre pour les domestiques.

Cette année, les deux piles semblent s'être matérialisées déjà toutes emballées. À mon avis, ce sont les secrétaires de Papa qui s'en sont chargées. Nous sommes quand même allés à la fête pour distribuer nos présents, mais il n'y avait pas l'esprit de Noël.

Pareil avec la décoration du sapin. Les bonnes s'en sont occupées au lieu de Maman, et c'était loin d'être aussi excitant. À cause du rationnement, toutes les décorations étaient en bois et en métal : rien à manger, pas même des petites pommes en pâte d'amandes. Papa nous a lu un conte de Noël et nous avons ouvert nos paquets – je ne me rappelle même pas ce que nous avons reçu – avant de grignoter de petits quartiers de pomme et quelques raisins secs à la place du chocolat. Je savais qu'Edda Göring devait se gaver de tout le chocolat et la pâte d'amandes dont elle pouvait s'empiffrer. Nous avons essayé de convaincre Papa de nous laisser avoir un minuscule morceau de chocolat pour Noël, mais il est resté inflexible : « Nous devons montrer le bon exemple aux domestiques. Nous ne sommes pas les Göring. Nous ne sommes pas des tricheurs. »

Je suis fière de Papa et Maman, mais, parfois, j'aimerais qu'ils ne soient pas de tels modèles de vertu, qui font toujours ce qui est bien plutôt que ce qui est agréable.

# Septième jour dans le bunker

## Samedi 28 avril 1945

Aujourd'hui, il y a beaucoup de monde pour le goûter avec oncle Adi : tata Eva, Papa et Maman, la *Flugkapitän* Reitsch, le général von Greim, plus tous les chiens. Oncle Führer a l'esprit complètement ailleurs. Il ne joue pas du tout avec Blondi ni ne lui fait faire de tours. Il ne pose pas une seule question. Il se contente de manger du gâteau. Sa main tremble plus que jamais. Il renverse de nouveau son chocolat chaud, s'en mettant partout sur sa veste, mais cette fois, soit il n'a pas remarqué, soit il s'en fiche. Il continue d'enfourner des morceaux de gâteau. Il a des miettes plein la moustache. La pièce empeste.

La *Flugkapitän* Reitsch est celle qui parle le plus. Comme les soldats allemands sont courageux. Quel magnifique printemps nous avons là. Je n'en sais rien. Quoi qu'il en soit, elle finit par faire ce que je redoutais et tape dans ses mains : « *Mein Führer*, les enfants vont vous chanter une nouvelle chanson que je leur ai apprise. »

Oncle Adi change de position sur le sofa et se saisit d'un nouveau morceau de gâteau.

« Les enfants. » Elle rive les yeux sur nous.

Nous nous plaçons en demi-cercle face à l'oncle Adi. La *Flugkapitän* Reitsch lui tourne le dos pour faire la chef d'orchestre, ce qui m'empêche de le voir, je ne sais donc pas du tout si ça lui plaît.

Nous chantons toute la berceuse, une fois à l'unisson, l'autre fois en canon – moi, Heide et Helmut d'un côté, Hilde, Holde et Hedda de l'autre –, puis à trois voix, où je fais équipe avec Heide. Je pensais qu'oncle Adi somnolerait à la fin, mais il applaudit d'une main sur sa cuisse avec un enthousiasme modéré.

Tous les autres adultes nous acclament bruyamment, puis tout le monde se tait. Personne n'a évoqué *Blanche-Neige*. Pas même Helmut. Tata Eva nous suggère d'aller jouer à cache-cache. Fin du goûter.

\*
\* \*

Tous les jours se ressemblent. Je fais des réussites. Maman me caresse la tête en passant près de moi. Elle sourit vaguement, sans me regarder dans les yeux. Mme Junge jacasse sans arrêt sans rien dire d'intéressant, et elle ne se tait même pas pour écouter quand on lui pose une question. Quant à Papa, soit il ne nous remarque pas du tout quand on le croise dans le *Führerbunker*, soit il tape dans ses mains et nous demande comment on va quand il remonte dans le pré-bunker. Puis il reste là quelques instants, tout sourire, avant de disparaître de nouveau. Il nous répète chaque fois la même chose : « Nous sommes tout près de la victoire, à présent. Les troupes se battent brillamment. » Avant, je le croyais, mais maintenant, je vois dans ses yeux qu'il nous ment. Il n'y croit plus lui-même. Les autres ne se doutent de rien. Helmut s'exclame toujours : « Hourra ! » Aucun d'eux ne semble même s'inquiéter qu'il y ait la guerre.

Je crois que c'est ce matin que j'ai vu tata Eva parler avec Mme Junge et l'une des autres secrétaires – une dénommée Dara, que je ne connais presque pas. Liesl dit qu'elle était mannequin pour Elizabeth Arden avant de venir travailler pour oncle Führer. Elle est plutôt jolie, bien que légèrement chevaline. Tata Eva s'est mise à rire bêtement et a chuchoté – assez fort pour qu'on l'entende, mais qu'on comprenne qu'il fallait faire comme si de rien n'était – aux deux secrétaires : « Je parie que vous allez repleurer avant ce soir. »

Mme Junge paraissait horrifiée. « Si tôt ? » Dara tirait très fort sur sa cigarette.

Mais tata Eva riait encore. « Non, pas à cause de ça. Il n'y a pas lieu de s'inquiéter. Je ne peux pas vous en dire plus pour l'instant. »

Ce qui m'embête le plus, dans cette conversation, ce ne sont pas les cachotteries de tata Eva – qui n'ont rien de bien surprenant –, mais plutôt la réaction de Mme Junge. Apparemment, elle s'attendait vraiment à quelque chose de terrible.

J'ai demandé à tata Eva si Gretl avait eu son bébé, mais elle m'a répondu qu'elle l'ignorait. Je ne sais donc toujours pas pourquoi elle a pleuré hier.

Ce soir, c'est Maman qui nous couche. Elle nous lit « Le Loup et l'Homme », l'une des histoires les plus courtes du livre des frères Grimm, mais aussi l'une des plus drôles. Puis elle rabat bruyamment la couverture et, après nous avoir chacun rapidement embrassé sur le front, elle éteint la lumière et sort de la chambre. Quand j'ai les yeux fermés dans le noir, je revois le jeune soldat lâcher son verre, qui se brise en mille morceaux sur le sol en béton.

# 1943

Maman nous a emmenées, moi et Hilde, au palais des sports, où Papa faisait un discours capital. Il y avait des centaines et des centaines de rangées de personnes dans le public, toutes avec le chapeau sur les genoux. Papa a été formidable. Toute la foule l'a acclamé en criant. Son message était que tous les Allemands devaient contribuer de toutes leurs forces à la guerre. C'est une guerre totale. Tout le monde doit participer. Nous avons besoin d'un million de soldats supplémentaires, et nous pouvons facilement les trouver. Tout ce qui est inutile à l'effort de guerre sera fermé : il n'y aura plus de cirques, plus de théâtres, plus de restaurants, plus d'autres magasins que les pharmacies, les épiceries et les cordonneries. Et les épiceries ne devront vendre que les denrées essentielles, rien de superflu. La pâtisserie est interdite. Les femmes doivent effectuer toutes les tâches qu'elles peuvent assumer pour que leurs maris puissent rejoindre l'armée. Par exemple, seules les femmes seront autorisées à couper les cheveux, même la barbe des hommes. Les barbiers devront s'engager. Les grands-mères veilleront sur les enfants pour que les femmes de moins de cinquante ans puissent faire quelque chose d'utile à la nation. Et chacun devra se passer de ses domestiques, afin que ceux-ci puissent également nous aider à gagner la guerre.

Assise dans la voiture sur le chemin du retour, j'essaie de m'imaginer à quoi cela va ressembler, mais Maman me dit que ça ne va rien changer pour nous. Je suis un peu déçue. Elle dit ça parce qu'elle et Papa travaillent déjà si dur pour l'effort de guerre et pour le peuple allemand qu'ils ne peuvent pas se permettre d'avoir autant d'enfants et de maisons sans avoir de domestiques pour veiller sur eux. Oncle Führer a nommé Papa plénipotentiaire pour la guerre totale, ce qui signifie qu'il s'occupe vraiment de tout désormais, pas seulement des films et des journaux. C'est un grand honneur. Et Maman va s'investir encore plus. Elle va travailler pour une usine et confectionner des uniformes, sauf qu'elle va le faire sur sa propre machine au château de Lanke, et qu'elle apportera chaque semaine ses habits à l'usine. De son côté, Papa a dû fermer plusieurs départements. Par exemple, ils ont arrêté de faire des dessins animés. Papa dit qu'ils en reproduiront deux fois plus dès que nous aurons gagné la guerre, et de meilleurs que les Américains. En couleurs.

Dans son discours, Papa a expliqué que les Soviétiques essaient de conquérir l'Europe entière. Ils veulent une révolution juive mondiale. Si on ne les arrête pas, les Russes envahiront l'Allemagne et les escouades de la mort juives tueront tous nos chefs et nos intellectuels. Papa dit qu'une famille comme la nôtre sera parmi les premières à être abattues, ce qui pourrait d'ailleurs être notre chance, car tous les autres seront réduits en esclavage et des millions d'Allemands mourront de faim. L'Angleterre devrait nous aider à lutter contre ces monstres, mais les Anglais sont idiots. Papa dit que les Juifs ont réussi à leur faire croire qu'ils ne présentaient aucun danger. Il incombe donc aux Allemands de sauver l'Europe.

Il y avait des tas de soldats blessés aux premiers rangs. Hilde et moi avons même vu un homme qui avait perdu un bras et applaudissait comme un fou sur sa jambe de sa main valide. Nous avons essayé de l'imiter pour voir si on pouvait faire autant de bruit avec une main qu'avec deux, mais Maman nous a dit que c'était impoli de copier.

Papa criait si fort en martelant l'air qu'il suait à grosses gouttes. À la fin de son discours, il a hurlé : « Maintenant, peuple, lève-toi, et que la tempête se déchaîne ! » Et tout le monde s'est mis à l'acclamer ainsi que le Führer, et à applaudir et à faire le salut du parti. C'était dingue, surtout quand nous avons tous entonné « *Deutschland, Deutschland über alles, über alles in der Welt*[1] ! », ce qui me donne toujours la chair de poule. Des milliers de personnes beuglant le même air à pleins poumons. C'était comme si toute la nation

---

1. « L'Allemagne, l'Allemagne par-dessus tout, par-dessus tout dans le monde ! » (*N.d.T.*)

nous avait rejoints ! Personne ne pouvait nous battre. Je suis tellement fière de Papa.

*
* *

C'était l'une des meilleures années de la guerre parce que nous sommes restés au même endroit – au château de Lanke – presque tout le temps et que nous allions à l'école à Wandlitz. Les choses commençaient à redevenir normales, comme chez nous, ce qui est toujours mieux que d'avoir en permanence l'impression d'être invité quelque part. Nous avions aussi une nouvelle nounou, sauf que ce n'en était pas vraiment une, mais une gouvernante. Les trois petites en avaient une pour elles, Mlle Schroeter, qui était vieille comme tout, mais Hilde, Helmut et moi avions Hubi – Mlle Hubner, mais nous l'appelions Hubi, même après qu'elle s'est mariée et est devenue Mme Leske. Elle était surtout là pour aider Helmut à apprendre ses leçons, car il prenait du retard à l'école. Au début, je ne l'aimais pas trop, parce que je n'avais pas besoin de cours particuliers et que je n'avais aucune envie d'avoir du travail supplémentaire. En plus, Helmut semblait être son chouchou. Elle l'appelait « petit frère », parce qu'il est né le même jour que son petit frère, ce qui m'agaçait beaucoup. Mais finalement, elle était très gentille et s'occupait bien de nous.

La plupart du temps, Papa n'était pas là, car il devait rester travailler à Berlin, mais parfois il rentrait pour les week-ends. Et dès qu'il franchis-

152

sait la porte, c'était comme si quelqu'un allumait une ampoule puissante. Au lieu de passer les repas dans le calme et de raconter notre journée d'école à Maman, ou de nous concentrer pour étaler au mieux notre ration de beurre, nous n'avions soudain plus le temps de penser à ce qu'on mangeait parce que Papa nous envoyait des rafales de questions.

« Quelle est la capitale du Japon ? »

« Citez-moi trois opéras de Wagner. »

« Nommez cinq autres compositeurs allemands. »

« Treize fois treize ? »

« Vite, vite, vite. Allez, Helmut, ne te laisse pas ridiculiser par tes sœurs ! »

Et puis il y avait les jeux. Des jeux qu'on ne voulait ni gagner ni perdre, car Papa souhaitait qu'on fasse de notre mieux, mais se mettait en rogne quand il perdait.

L'un des jeux consistait à courir autour de la table. Celui-ci était facile à gagner, parce qu'on pouvait se cacher dessous et pas lui – d'habitude, ça se passait bien. À la fin – en fait, ça arrivait assez vite –, Papa attrapait Heide pour la chatouiller, ce qui nous faisait tous rigoler. Mais un jour, Helmut, en voulant compenser le fait qu'il n'avait pas su dire qui était le chef de la Russie (alors que je le lui soufflais), a décidé de prouver son habileté en lançant son bras de sous la table pour saisir la cheville de Papa qui courait devant lui. Papa s'est cassé la figure, renversant un guéridon au passage. Nous avons tous retenu notre souffle. Papa est devenu écarlate et ses mâchoires se sont mises à palpiter, ce qui n'est jamais bon signe. Je suis allée l'aider à se relever, mais il m'a hurlé de déguerpir. Nous sommes tous sortis de la pièce aussi vite que possible, même les adjudants de Papa, Schwägermann et von Oven. Papa a ordonné à Helmut de venir. Courageusement, mon frère est immédiatement retourné dans la pièce. Nous avons entendu Papa brailler et brailler encore, le traitant d'imbécile et de raté. Ça n'en finissait plus. Le reste de la maisonnée était parfaitement silencieux. Finalement, Helmut est reparu, le visage cramoisi et maculé de larmes. Il a couru droit dans sa chambre, claquant sa porte derrière lui. Nous lui avons tous laissé le temps de retrouver ses esprits. Une demi-heure plus tard, Papa a appelé Hubi.

Pendant qu'il criait sur Helmut, Hubi avait marmonné tout bas : « Cet homme est un sadique. » Je ne savais pas ce qu'était un sadique, et ce n'était pas le moment de poser des questions, mais apparemment l'un des membres du personnel de cuisine était allé tout rapporter.

Hubi est restée dans le bureau de Papa pendant des lustres. On croyait qu'elle allait se faire virer, mais elle en est sortie très calmement et elle est montée voir Helmut. Comme il avait entendu Papa appeler Hubi, celui-ci était plus inquiet à l'idée de la perdre que fâché d'avoir été réprimandé. Elle a dit à Helmut que Papa était un homme juste qui savait ne pas dépasser les bornes, et qu'il n'y aurait donc pas d'autre punition.

Je crois que c'est peu après cet incident que Maman et Papa ont fait venir Georg Schertz à la maison, pour que Helmut ait un ami. Ils estimaient qu'il lui fallait quelqu'un d'autre que Papa à faire trébucher, et que le fait de n'être qu'avec des filles toute la journée risquait de le transformer en mauviette. J'ai entendu Hubi le raconter à la cuisinière. Ils ont choisi Georg parce qu'il est un fils de bonne famille avec une maison sur Schwanenwerder. Georg n'était pas désagréable. Il était un peu timide, et il l'est resté même après avoir passé presque tout l'été avec nous au château de Lanke. Il parlait rarement à quelqu'un d'autre que Helmut. En fait, pour être tout à fait honnête, je crois qu'il ne lui parlait pas beaucoup non plus. Ils passaient surtout leur temps à se bousculer, à s'espionner et à se taper avec des bâtons.

Quant à nous, nous ne voyions nos amis qu'à l'école. Notre professeur, M. Klink, était assez strict. Il était très vieux, avec de petites lunettes rondes et des touffes de cheveux blancs. Comme tous mes autres professeurs, il ne choisissait que des garçons pour répondre aux questions. Souvent, je gardais la main levée si longtemps qu'elle était sur le point de tomber et que je devais la soutenir avec l'autre main. Je pense qu'il ne trouvait pas grand intérêt à enseigner aux filles. À nous, il nous posait des questions auxquelles on devait répondre en chœur.

« Quelle est la vie la plus noble ?

— *La vie d'un fermier est la plus noble d'entre toutes.*

— Quelle est la plus grande destinée pour une femme ?

— *La plus grande destinée pour une femme est de devenir mère.* »

Il était sorti de sa retraite et avait des tas d'anecdotes sur la guerre précédente. Il s'était battu en France. Il nous a parlé de la boue, des rats et du crépitement incessant de l'artillerie. Il nous a parlé de la traîtrise des Juifs, qui volaient l'argent des soldats. Il nous a expliqué que son ami Fritz avait été tué par une grenade alors qu'il tendait une cigarette à M. Klink. Quand il racontait ses histoires, toute la classe se taisait. La plupart des élèves pensaient à leur père qui était au front.

Mes deux meilleures amies s'appelaient Anni et Sophie. J'ai beaucoup aimé Anni dès notre rencontre, parce qu'elle a des cheveux bruns bouclés et des cils épais et noirs qui nous forcent à la regarder dans les yeux. Anni et son jumeau Rudi sont venus vivre chez leur grand-mère à Wandlitz, car leur maison de Berlin a été bombardée. Sophie m'a dit que la mère d'Anni et son petit frère avaient été tués, mais qu'Anni n'en parlait jamais. Sophie m'a raconté des choses sur tous les autres enfants. Ceux dont le père est mort, ceux dont il est porté disparu. Elle avait vécu toute sa vie à Wandlitz et semblait savoir tout sur tout. Elle n'avait ni frère ni sœur et habitait seule avec sa mère. Ça se voyait. Elle avait de très jolies tresses et une trousse bien remplie. Et si je jouais trop avec Anni, elle faisait mine de nous ignorer jusqu'à ce que l'une de nous aille la supplier de se joindre à nous. Ça ne m'avait pas trop marquée à l'époque, mais la seule personne dont elle ne parlait jamais était son propre père. J'avais vraiment l'impression de pouvoir faire confiance à Anni et Sophie, car elles ne me taquinaient jamais sur le fait que j'étais une Goebbels. Helmut, en revanche, subissait beaucoup de quolibets. Un groupe de garçons de sa classe boitait exagérément dans la cour, et apparemment ils échangeaient des regards furieux quand Helmut prenait la parole en classe.

*<br>*  *

Nos deux mamies avaient une maison sur les terres du château de Lanke. Tous les dimanches après-midi, nous allions rendre visite à Mamie Goebbels pour lui chanter une chanson. Nous la trouvions systématiquement assise dans son fauteuil, les yeux fermés, à marmonner toute seule en récitant son rosaire. Papa ne nous accompagnait presque jamais, pourtant elle demandait toujours de ses nouvelles. Elle l'appelait « ce garçon », comme si elle ne se rendait pas compte qu'il avait grandi. « Qu'a encore fait ce garçon ? demandait-elle. Toujours à mijoter de mauvais coups. Je ne compte plus les cheveux blancs qu'il m'a donnés ! » Sans doute beaucoup, car elle n'avait plus un seul cheveu coloré. Tous les dimanches, elle répétait les mêmes choses. Et tata Maria, qui vivait avec elle, nuançait : « Voyons, Mère, vous savez comment il est. » « Je sais, je sais, je sais. C'est pour ça que je passe tant de temps à prier pour son âme ! »

Cela la fâchait que Papa ne veuille pas l'accompagner à l'église. Elle avait de grosses phalanges toutes déformées, et quand elle ne tripotait pas son chapelet, elle se les massait. Ses mains n'étaient jamais immobiles. Quand nous étions petits, elle nous tricotait des gilets et des chandails qui grattaient énormément, mais à présent elle se plaignait de ne plus pouvoir manier les aiguilles aussi bien.

Papa plaisantait souvent en disant que c'était grâce aux articulations douloureuses de Mamie Goebbels que nous étions en train de gagner la guerre. D'après lui, si on avait perdu la précédente, c'était parce qu'elle avait tricoté tant de chaussettes qui grattent pour les envoyer au front que les soldats étaient devenus dingues à force de démangeaisons. Comme elle ne pouvait plus tricoter, les militaires pouvaient enfin se concentrer sur les combats au lieu de se gratter sans arrêt.

Mamie Goebbels était trop ankylosée pour venir au château, mais quand Maman était à la maison, Mamie B. venait régulièrement jouer aux cartes le soir. Elles finissaient souvent par se disputer. Nous les entendions de notre chambre. La voix de Maman était comme un profond roulement de tonnerre ; on ne distinguait jamais vraiment ses paroles, contrairement à celles de Mamie, dont la voix fendait l'air comme l'éclair : « Tu as gâché nos vies ! » ou « Tu n'aurais jamais dû épouser ce monstre ! »

C'est au château de Lanke que j'ai compris vraiment combien Mamie B. et Papa se détestaient. J'avais déjà remarqué qu'elle ne venait jamais nous voir quand il était là, mais elle avait l'habitude d'oublier des choses chez nous – son châle, ses lunettes, ses médicaments, sa couture – et quand Papa rentrait de Berlin, il les repérait immédiatement et se mettait dans des colères noires. Il ordonnait qu'on les rapporte directement au pavillon de Mamie : « Regardez ce que cette vieille mule a encore oublié. » Maman s'exclamait : « Joseph ! » d'un ton signifiant « tu ne devrais pas dire ça, mais je te comprends ».

# Huitième jour dans le bunker

## Dimanche 29 avril 1945

Je demande à Mme Junge pour la musique de l'autre soir, et elle me répond qu'il y a eu un mariage dans les caves de la chancellerie du Reich. L'une des femmes de cuisine a épousé l'un des chauffeurs. Ils ont dansé pendant que des musiciens SS jouaient des chants de mariage tziganes. Avant, il y avait toujours des groupes de musique tzigane aux noces. C'est censé porter bonheur. La sœur de Papa, tata Maria, en avait un à son mariage, composé de quatre musiciens vêtus d'une chemise blanche et de hautes bottes en cuir avec lesquelles ils battaient le rythme. Les violons avaient commencé lentement et mélancoliquement, avant d'accélérer au fur et à mesure, et c'est là que les battements de pied étaient intervenus. Hilde et

159

moi nous tenions la main en tournoyant dans tous les sens jusqu'à nous écrouler l'une sur l'autre en éclatant de rire. Je n'ai plus revu d'orchestre tzigane depuis le début de la guerre. Les gens comme Hubi se marient de façon toute simple, sans organiser de grande fête. J'ai hâte de pouvoir tournoyer de nouveau. J'ai encore entendu de la musique hier soir, mais moins forte. Une sorte de fond sonore à peine audible. Du violon et de l'accordéon, je crois. Peut-être qu'il s'agissait d'un autre mariage, mais plus petit.

On dirait que tout le monde est parti. Les couloirs sont plus vides qu'avant. Je cherche l'*Obergruppenführer* Fegelein pour l'interroger sur le bébé de Gretl, mais je ne l'ai plus vu depuis des jours. Même les gens qui sont là ont l'air absent. Personne ne se regarde dans les yeux. Rien ne semble réel.

J'ai aussi cherché le jeune soldat, mais je ne l'ai pas trouvé non plus.

Liesl refait encore mes tresses. Je lui demande ce qu'il arrive quand on meurt, à son avis.

« Nous allons au paradis.

— Tu le penses vraiment ? Maman croit en la réincarnation. Elle dit qu'on a plein de vies. Si on est gentil et qu'on a une mort honorable, notre prochaine existence sera encore meilleure.

— Ah, oui ? Et quel genre de vie choisirais-tu, la prochaine fois ?

— J'aimerais bien être un Peau-Rouge et chevaucher à cru à travers les plaines. Et toi ?

— J'aimerais une vie paisible. Peu m'importe où, tant qu'il n'y a pas de guerre. Ça ne me dérangerait pas d'être un arbre, tant que personne ne me coupe.

160

— Tu crois qu'on pourra sortir d'ici sans se faire tuer ? »

Elle se frotte les yeux. Elle a une peau si molle qu'elle roule sous le doigt quand on la touche.

« Nous espérons tous que les Russes capituleront bientôt.

— Et sinon ? Je suis sûre que les coups de feu se rapprochent, ce qui signifie qu'ils se rapprochent aussi. Comment on va sortir d'ici avant qu'il soit trop tard ?

— Helga, ma puce, je n'en sais rien. Nous verrons bien le moment venu, et que les Russes aient capitulé ou non, je ferai tout mon possible pour t'aider.

— Tu ne partiras pas sans nous ?

— Je ne partirai pas sans vous. »

Je pose ma tête sur son épaule et elle me prend dans ses bras.

*
\* \*

Ce matin, nous sommes réveillés depuis des siècles et personne n'est encore venu nous chercher. J'ai de nouveau reçu sur le visage du plâtre tombé du plafond. Hedda et Heide étaient alors déjà debout et avaient allumé la lumière. Elles dansaient en tournant et en chantant :

*C'est la ronde des roses*
*Il y a du sucre dans le pot*
*Du lard dans l'assiette*
*Demain nous jeûnerons*

*Après-demain nous abattrons l'agneau*
*Et il criera : bèèè !*

Finalement, nous avons tellement faim que nous finissons par nous habiller nous-mêmes. Il est déjà dix heures à l'horloge murale. Nous allons dans la cuisine, où l'on nous donne du pain et de la confiture. Une odeur étrange s'élève du *Führerbunker*. Un peu comme de la pâte d'amandes, mais en si amer que ça nous prend à la gorge. Ça nous passe l'envie de manger.

Maman apparaît enfin. Elle nous explique que tous les adultes sont extrêmement fatigués parce que tata Eva et oncle Adi se sont mariés au milieu de la nuit ! C'était donc de là que venait la musique. Et c'était donc de ça que parlait tata Eva hier. Après avoir fini de déjeuner, nous avons tous envie d'aller voir tata Eva, mais évidemment elle dort encore et nous ne la verrons pas avant le goûter.

Je demande à Maman d'où vient l'odeur étrange. Elle me répond qu'elle ne sait pas et que, de toute façon, ça n'est pas poli de parler d'odeurs.

On s'est dit qu'aujourd'hui serait une bonne journée pour jouer notre pièce de *Blanche-Neige*, en cadeau de mariage. Nous répétons pendant la sieste de l'après-midi. Ça se passe plutôt bien. Sans dispute. Malheureusement, le goûter est le plus maussade de tous. Non seulement nous ne jouons pas, mais, en plus, il n'y a pas les chiots. Ils ne nous ont même pas laissés leur dire au revoir.

Tata Eva joue avec sa nouvelle bague quand elle nous l'annonce. « Je suis tellement navrée, mes chéris. Vous savez que ce n'est pas un

162

endroit où grandir, pour des petits chiens. Ils ont besoin d'espace et de jouer dehors. Les chiens ne sont pas faits pour vivre en sous-sol. Nous les avons envoyés à Berchtesgaden. Ils y seront bien plus heureux. Je sais qu'ils vont nous manquer à tous, mais je crains qu'en temps de guerre nous ne soyons tous contraints de faire des sacrifices. Et puis, nous allons bientôt sortir d'ici et nous pourrons les retrouver. »

Helmut ose poser la question que nous avons tous en tête : « Est-ce qu'on peut aller à Berchtesgaden, nous aussi ?

— Bien sûr, mes chéris. Oncle Führer adorerait ça. Nous irons dès que cette horrible guerre sera terminée. »

Helmut parlait d'y aller tout de suite. Ça semblait pourtant évident. Mais personne n'a rien ajouté. Ça ne sert à rien. J'ai une horrible boule au fond de la gorge. Je sais que, si j'ouvre la bouche pour parler, je ne pourrai pas m'empêcher de pleurer. J'ignore pourquoi les grandes personnes pensent que si on ne nous dit pas quelque chose, ça nous empêche d'être tristes.

Ce que je voudrais savoir, c'est comment ils ont fait sortir les chiens. La *Flugkapitän* Reitsch et le général von Greim sont partis, eux aussi, mais je suis sûre qu'ils n'ont pas emmené les chiens parce que tata Eva nous a dit qu'ils avaient décollé au milieu de la nuit. Nous n'avons pas pu non plus leur dire au revoir. Apparemment, oncle Adi leur a confié une sorte de mission secrète. Je sais que les chiots étaient encore là ce matin, parce que je me rappelle les avoir entendus aboyer pendant que je faisais des réussites. Je m'en veux d'avoir été en train de jouer aux cartes alors que j'aurais pu faire des câlins à Foxl.

Helmut s'efforce de ne pas pleurer, mais je ne crois pas que les adultes s'en rendent compte. J'oublie parfois qu'il a des sentiments, parce qu'il joue toujours au dur. Nous sommes tous trop tristes pour proposer de jouer *Blanche-Neige*. Aucun des adultes ne parle vraiment. Tous restent assis, silencieusement, à siroter leur café, sauf oncle Adi qui aspire bruyamment et avale de grandes lampées de thé alors qu'il a déjà la bouche pleine de gâteau.

Après le goûter, Papa et Maman nous emmènent à une fête dans l'une des caves de la chancellerie. C'est pour remercier le personnel de Papa. Tous les domestiques ou presque vont partir, maintenant. Maman dit que ce n'est pas la même chose pour eux. Sans autre explication.

Il y a des sandwichs au salami, du gâteau, bien sûr, et du champagne pour les grands. Je n'ai pas faim. Nous nous asseyons autour d'une table. L'un des jeunes soldats entonne de vieilles chansons ; surtout des berceuses, bizarrement. J'imagine qu'il ne connaît que ça. Beaucoup de gens pleurent, mais en silence. Ça aussi, c'est bizarre.

La fête se poursuit alors que nous sommes partis nous coucher. Je reste allongée dans mon lit à écouter la musique qui, cette fois, émane d'un gramophone.

Le couloir devant notre chambre est pour une fois extrêmement bruyant. Des soldats.

Personnellement, je trouve qu'on devrait attendre la fin de la guerre pour faire la fête.

# 1944

Mes souvenirs m'ont presque rattrapée. Le château de Lanke, les pelouses, mon goûter d'anniversaire dans le jardin – du lait, des mûres et le délicieux soleil de septembre.

En réalité, des tas de vilaines choses sont arrivées cette année. Mamie B. est devenue folle. Pas complètement folle, mais suffisamment pour que c'en devienne gênant. Elle fond en larmes sans raison, fait des histoires tout le temps. Il lui arrive d'entrer en trombe dans la maison et de hurler après Maman. Je me souviens d'un après-midi – nous rentrions juste de l'école et nous étions tous dans le vestibule à ôter nos manteaux – où elle a déboulé par la porte d'entrée, les cheveux en bataille, et s'est écriée : « Où est votre mère ? Où est votre mère ? » Maman est alors arrivée en courant de sa chambre et a attiré Mamie B. dans le salon. Nous l'avons entendue crier à Maman qu'elle en avait assez, qu'elle allait se jeter dans le lac. Elle n'arrêtait pas de pleurer.

« Pourquoi devrais-je attendre une baïonnette russe ? » Helmut a compris : « Pourquoi devrais-je attendre un baronnet russe ? », ce qui nous a tous fait rire, même si nous avons cessé de glousser très rapidement quand Maman est revenue dans le vestibule et a appelé à l'aide. M. Naumann est venu chercher Mamie et l'a ramenée dans son pavillon. M. Naumann aidait Maman pour à peu près tout ; il avait pris la suite de M. Hanke.

Maman faisait des allers et retours. Parfois, elle était à Berlin avec Papa. D'autres fois, elle était à la clinique de Dresde. Généralement, elle y allait pour soigner son cœur, mais une fois c'était parce que son visage ne bougeait plus. C'était vraiment bizarre. Elle s'est réveillée le matin et elle avait tout un côté de la figure paralysé. Elle ne pouvait sourire qu'à moitié – l'autre partie faisait une petite moue malheureuse. Je me rappelle qu'elle a essayé de prendre son petit déjeuner, mais que son café n'arrêtait pas de lui couler sur le menton. Elle est donc partie dans l'une des voitures officielles plus tard dans la matinée et elle est restée à Dresde jusqu'à ce que ça aille mieux. Je ne sais plus combien de temps elle est partie, mais même après son traitement, je ne crois pas que son sourire soit complètement revenu. Elle passait des heures et des heures à tourner en rond dans la grande salle en écoutant le gramophone. Elle repassait la même chanson encore et encore. C'était un morceau d'opéra qui raconte l'histoire d'Orphée et Eurydice – quand Orphée comprend qu'il l'a perdue pour toujours. Elle mettait le volume au maximum, de sorte que la musique triste résonnait dans toute la maison.

C'est à son retour de la clinique que je me suis rendu compte qu'il y avait quelque chose d'étrange au sujet de Harald. À son départ à la guerre, il nous envoyait de longues lettres et nous nous réunissions tous les six sur le sofa pour que Maman nous les lise. Mais nous n'en avions plus reçu depuis des lustres. J'ai demandé à Maman si elle en avait reçu une à Dresde – on ne sait jamais –, ou si Papa en avait eu une à Berlin. Elle s'est contentée de secouer la tête pour dire non, mais elle était toute contractée, et les petits os sur l'avant de son cou ressortaient beaucoup.

Elle faisait aussi de nombreuses siestes. Elle passait des heures avec la porte de sa chambre fermée et les rideaux tirés pour se reposer. Et des heures assise dans son fauteuil à oreillettes jaune pour lire les livres bouddhistes que grand-père Ritschel lui avait donnés. Il ne fallait pas la déranger. Je me rappelle que, pour son anniversaire, nous avons attendu et attendu qu'elle se lève pour pouvoir lui offrir ses cadeaux. Hubi nous avait aidés à les fabriquer. J'avais brodé un gros « M » sur un mouchoir, et nous avions tous cueilli des fleurs dans le jardin. Nous avions dressé une magnifique table de petit déjeuner, mais elle ne descendait toujours pas. Finalement, Hubi a décidé que nous n'avions qu'à lui monter ses cadeaux dans sa chambre. Il était presque midi. Nous sommes entrés et Hubi a tiré les rideaux ; Maman s'est alors redressée contre ses oreillers, couverte jusqu'au menton par les fleurs rose pâle de son édredon, et a bu le café que

Hubi avait apporté. Nous lui avons alors chanté les chansons d'anniversaire que nous avions répétées. C'était bizarre parce que Maman, qui avait de grosses mains fortes, était soudain devenue toute faible et fragile, alors que Hubi, qui avait des jambes maigrelettes et des épaules toutes rondes, était celle qui s'occupait de tout, désormais.

Le mariage de Hubi est un meilleur souvenir. C'était très excitant, même si nous n'avions pas eu le droit d'y aller et que nous avions craint que cela signifie qu'elle allait avoir ses propres enfants et nous abandonner – nous ne savions pas encore que c'était nous qui allions l'abandonner. Nous lui avons offert une lampe avec un pied en porcelaine, ainsi qu'un berger et une bergère qui se tenaient la main. Ils étaient censés les représenter, elle et M. Leske. Parfois, il venait dormir au château de Lanke. Il était très grand, si grand qu'on avait l'impression qu'il était parfois un peu gêné de prendre autant de place.

Comme nous ne pouvions pas aller à son mariage, Hubi a enfilé sa robe pour nous la montrer. Elle était vraiment belle avec, même si elle l'aurait été encore plus si elle ne s'était pas autant penchée en avant. Et personnellement, je préfère les robes qui tombent jusqu'au sol, mais elles sont difficiles à trouver en temps de guerre. Sa robe était blanche, cependant, Hubi avait seulement ses chaussures noires de d'habitude, ce qui gâchait un peu l'ensemble, alors Maman lui a dit qu'elle pouvait lui en emprunter une paire parce qu'elles faisaient la même pointure. Nous sommes tous allés au placard à chaussures de

Maman pour l'aider à choisir. Elle a dû en essayer cinquante paires avant d'en prendre des en soie grise avec des talons aiguilles. Elle n'arrêtait pas de dire : « Oh, madame Goebbels, c'est si gentil de votre part ! Et si je les abîme ? Oh, madame Goebbels ! » Mais bien sûr, elle ne les a pas abîmées.

*
* *

Je ne suis allée à Berlin que deux fois en toute une année. La première, c'était pour aller chez le dentiste, et la seconde, à l'hôpital militaire.

Papa voulait nous filmer, Hilde et moi, en train d'apporter des fleurs à des soldats blessés. Nous avons pris l'une des voitures officielles et l'équipe de tournage nous a suivis. L'hôpital était un bâtiment immense entouré de parcs et de jardins. Il y avait un soleil radieux. Une file de soldats était postée sur la pelouse pour nous accueillir. Nous avons tous attendu que les cameramen installent leur matériel. Puis nous avons suivi Papa et serré la main à tous ces gens venus nous recevoir.

Ce n'était pas toujours simple, car plusieurs n'avaient plus de main à serrer. Trois d'entre eux n'avaient même plus de bras du tout. Certains avaient seulement perdu le droit et nous tendaient donc la main gauche. Nombre d'entre eux avaient des béquilles – ayant perdu une jambe – et nous serrer la main relevait donc un peu de l'épreuve d'équilibre. Les plus faciles étaient ceux qui n'avaient plus de jambes du tout, car ils étaient en fauteuil roulant. Nous avions chacun un bouquet de fleurs, que nous confiâmes à l'infirmière en bout de rangée, car au moins elle avait ses deux mains pour les tenir.

Puis nous sommes rentrés. Nous avons gravi de hautes marches de pierre, franchi des portes immenses et pénétré dans un vaste couloir à colonnades qui empestait le désinfectant. Une équipe de docteurs en blouse blanche nous a fait faire le tour des pavillons. Nous avons emprunté un long corridor, les médecins ouvrant la marche, l'équipe de tournage la fermant, nos pieds résonnant sur le carrelage marron et jaune tandis que les rayons du soleil se déversaient par les grandes fenêtres.

Il devait y avoir une centaine de lits dans cette aile. Nous avons commencé par le côté fenêtres. Papa est passé le premier et nous a présentées, moi et Hilde. Nous avons serré des tas de mains en souriant avant de reprendre notre marche. Il faisait très chaud. Nos manteaux légers nous paraissaient soudain beaucoup trop chauds et lourds. L'odeur était terrible, et le désinfectant ne masquait pas tout ; cela me rappelait celle du rat mort qu'on avait trouvé dans la cave du château de Lanke. Je commençais à me sentir mal. Toute la pièce était en train de gémir. Nous sommes arrivés devant un homme qui avait presque tout le visage caché derrière un bandage. Il nous a tendu la main, et Hilde l'a serrée sans se rendre compte qu'il n'avait plus qu'un doigt. Elle ne voulait pas crier, mais n'a pas pu s'en empêcher. « Éteignez les caméras ! » Papa est sorti en trombe de la pièce. Nous avons presque dû courir pour ne pas nous laisser distancer dans le couloir.

Hilde et moi avons toutes les deux fait des cauchemars. Des hommes estropiés nous tendant leurs mains mutilées. Maman était furieuse contre Papa de nous avoir emmenées là-bas. Je ne crois pas qu'ils aient jamais fini leur film.

C'était lors d'un autre voyage à Berlin que Hubi nous a emmenées, Hilde et moi, chez le dentiste. J'ai du mal à me souvenir dans quel ordre les choses se sont passées, mais je me rappelle très bien la date, car elle est devenue célèbre : le 20 juillet.

J'avais besoin d'un plombage, ce qui était une torture. Le dentiste m'a dit d'ouvrir la bouche grand comme un éléphant et de lever la main si ça devenait trop douloureux. Certaines personnes ont droit à du gaz, mais il ne pensait pas qu'une fille courageuse comme moi en aurait besoin. Hubi m'a dit que je me sentirais mieux ensuite si je ne respirais pas de gaz et qu'on devait retrouver Papa pour le déjeuner. Alors je n'en ai pas eu, et je n'ai pas levé la main, et le dentiste a fait hurler sa fraise sur ma dent et ça a été horrible. Après quoi, Hubi m'a donné un berlingot pour me féliciter de n'avoir pas fait d'histoires. Je n'en avais plus vu depuis des siècles – je ne sais toujours pas où elle l'a trouvé.

Papa était en retard pour le déjeuner, et je me rappelle que nous avons mangé tout le pain en l'attendant et que nous avons craint qu'il se mette en colère s'il n'en avait plus en arrivant. Ça n'a pas été le cas – il a simplement secoué sa serviette blanche pour la déplier et a attaqué son rosbif. Il a mangé très vite, se moquant de moi parce que je lambinais. Il était content que je n'aie pas eu de gaz. Il voulait tout savoir sur l'école de Wandlitz et sur ce que j'y apprenais. Il a fini son bœuf, a saucé son assiette à l'aide d'une pomme de terre, et s'apprêtait à entamer une énorme part de strudel quand on l'a appelé au téléphone. Il a quitté la table pendant une éternité et nous ne l'avons donc pas attendu pour manger notre dessert, parce que Hubi avait peur que nous rations notre train du retour.

Quand Papa est revenu à la table, il était blanc comme un linge. Il a dit qu'il venait d'apprendre une terrible nouvelle. Des traîtres avaient essayé d'assassiner le Führer. Par chance, ils avaient échoué, mais le Führer avait été blessé et d'autres personnes tuées. Nous devions n'en parler à personne. Il était obligé de partir immédiatement.

Nous sommes restées assises en silence pendant quelques minutes. Puis Hubi s'est relevée d'un bond et nous a dit : « Allez, les filles, finissez vite, il faut y aller. » Elle nous a dit de ne pas piper mot dans le train, alors nous nous sommes contentées de regarder par la fenêtre les maisons et les sites de bombardements se transformer en champs. On pourrait croire que c'est agréable de savoir quelque chose que tout le monde ignore, mais ça n'est vraiment pas le cas.

À un moment donné, nous nous sommes arrêtés à un passage à niveau pour laisser passer un autre train. La chaleur était insupportable. Mes cuisses collaient à la banquette en cuir. Hubi avait pris de l'eau, mais elle était aussi chaude que celle d'une baignoire et complètement imbuvable. Enfin, nous avons entendu le teuf-teuf de l'autre train. Il avançait très lentement. J'avais l'impression d'être dans un rêve. Je m'étais toujours imaginé que celui que Mamie B., Maman et grand-père Friedländer avaient pris de Bruxelles à Berlin faisait exactement le même bruit. Les wagons avaient été conçus pour du bétail plutôt que pour des humains, et il y avait des arrivées d'air au-dessus des portes, mais pas de véritables fenêtres. De nombreux visages – appartenant surtout à des femmes, mais aussi à quelques enfants qu'elles portaient dans leurs bras – observaient l'extérieur par ces fentes ; des mains tenant des coupes ou des cruches en émergeaient, comme pour nous réclamer de l'eau au passage. Hubi nous a dit de ne pas regarder. J'ai fait mine d'observer le sol, tout en les examinant du coin de l'œil. Plus tard, dans le petit chariot qui nous menait vers le château de Lanke, je lui ai demandé qui étaient ces gens. Elle a secoué la tête. « Des réfugiés ? Des criminels ? Des Juifs ? Je n'en sais vraiment rien. »

Je ne crois pas qu'il s'agissait de criminels, car les criminels sont le plus souvent des hommes.

À peu près à cette période – en fait, c'était sans doute à l'automne, car le temps avait changé –, Papa a fait un appel à la radio pour que tout le monde donne ses vêtements inutiles, pour que ceux qui avaient perdu leurs affaires dans les bombardements puissent quand même se couvrir. Les Britanniques bombardaient nos villes en tuant des milliers d'innocents et en détruisant leurs maisons. Je ne sais pas comment ils pouvaient faire une chose pareille. Papa dit que c'est parce que ce sont des lâches qui ont peur de nos soldats et préfèrent s'en prendre à des femmes et des enfants sans défense.

Nous avions tous envie de donner quelque chose pour aider les pauvres enfants qui avaient perdu tous leurs vêtements, et nous en avons parlé à Hubi ; nous avons décidé que le mieux était de distribuer nos manteaux d'hiver, parce que nous n'en avions pas vraiment besoin. Maman n'était d'abord pas très d'accord, car ils avaient coûté cher et avaient été fabriqués en Norvège avec de la vraie peau de mouton, mais nous avons fini par la convaincre qu'il fallait donner le bon exemple, comme disait toujours Papa, alors nous avons préparé un gros colis que Maman a envoyé.

Une autre façon de montrer le bon exemple était de nous en tenir à nos rations. Maman avait beaucoup de mal à y arriver. Une fois, elle a même volé le beurre de Heide. Elle a affirmé que non, mais je sais que c'est elle. On devait être en fin de semaine, et Maman avait fini sa ration et n'avait plus que de la margarine quand elle a reçu une visite inattendue. C'était à l'heure du goûter et, comme bien sûr on n'avait ni gâteaux ni biscuits, elle a voulu donner à son invité un peu de pain et de beurre. Elle a chargé sa bonne de demander à Hubi si elle pouvait lui donner un peu du beurre des enfants. Hubi n'en a pas cru ses oreilles. Elle a répondu à la bonne que c'était impossible, car on avait tout calculé repas par repas en attendant les prochaines rations. Ce qui était vrai. La bonne est donc revenue voir Maman les mains vides. Personne n'y a plus

174

repensé, mais, à l'heure du dîner, quand nous sommes allés chercher nos rations dans le réfrigérateur, Heide n'avait plus de beurre. Maman a dit que Heide avait dû oublier l'avoir mangé, mais je savais que ce n'était pas vrai. Nous avons tous donné un peu du nôtre à Heide, et il nous en restait si peu que c'était comme si nous n'en avions pas eu du tout, mais heureusement nous avions beaucoup de confiture, car la cuisinière en avait fait des tonnes avec les cassis du jardin. Je ne comprends pas pourquoi Maman n'a pas plutôt donné ça à son invité.

En décembre, oncle Führer est venu prendre le thé au château de Lanke, après avoir roulé depuis Berlin sous une neige épaisse. Nous avons toutes dû enfiler les robes vertes assorties que Maman nous avait faites avec les anciens rideaux de la chambre d'enfants. Nous n'avions quasiment pas vu oncle Führer depuis le début de la guerre. Nous étions tous assis dans la grande salle. La cuisinière avait préparé un gâteau pour l'occasion, mais oncle Führer n'y a même pas touché. Il avait apporté le sien, avec sa propre flasque de thé. Papa nous a expliqué que, depuis que ces traîtres avaient tenté de l'assassiner, il prenait ses précautions. La guerre lui avait filé un sacré coup de vieux. C'était la première fois que je voyais sa main trembler. Je n'arrêtais pas de me dire qu'il allait renverser son thé. Quand il a eu fini son goûter, il s'est tamponné la bouche avec sa serviette et il a tapoté son genou pour demander à Hedda d'y monter. J'ai ressenti un mélange de soulagement et de déception, car avant la guerre, c'était toujours moi qui devais grimper sur ses genoux. Même si je détestais ça, je n'aimais pas non plus ne pas être choisie. Noël a été particulièrement triste, mais au moins nous étions tous ensemble. Sauf Harald. À cette époque, le mystère autour de Harald avait été levé. Il était porté disparu, ce qui expliquait pourquoi on ne recevait plus de lettres, et Maman pensait qu'il avait été tué, mais gardait ses peurs pour elle afin de ne pas nous perturber. En tout cas, à un moment, elle a appris qu'il avait été fait prisonnier – et par chance, c'était par les Britanniques. Ils nous bombardent cruellement, mais, apparemment, ils sont gentils avec leurs prisonniers. Étrange. En tout cas, Maman était bien plus heureuse dès qu'elle a eu ces nouvelles.

La veille de Noël, elle a préparé un sapin magnifique, avec des cierges blancs et des étoiles dorées et argentées. Nous nous sommes assis près du feu, et tout le monde a chanté une chanson ou raconté une histoire. Maman a joué du piano. Quand Hedda a récité sa poésie, Papa s'est mis à pleurer. Mlle Schroeter la lui avait apprise :

*La lumière reviendra,*
*Après ces jours très sombres,*
*D'un doute il n'y a pas l'ombre.*
*Le soleil de nouveau se lèvera.*

Puis nous avons écouté le discours de Papa à la radio, et lui aussi était plein d'espoir.

# Neuvième jour dans le bunker

## Lundi 30 avril 1945

J'entends des chants, comme la voix d'un ange triste. Je ne distingue pas les paroles. Ce doit être le milieu de la nuit. Pas de coups de feu, pas d'explosions, pas de musique de mariage.

*
* *

Encore de la bouillie d'avoine au petit déjeuner. Mlle Manziarly nous la sert en silence. Elle a de gros cernes sous les yeux. Heide n'arrête pas de chanter à mi-voix sa chanson sur le grand monsieur du téléphone : « Misch, Misch, tu as de grosses miches. » Elle la chantonne toujours quand on passe devant le standard. Par chance, M. Misch trouve ça drôle, lui aussi. Il a un grand sourire. Heide dit qu'elle a mal à la gorge, mais ça ne semble pas l'empêcher de chanter et de jacasser sans arrêt.

Maman est là aussi, mais n'a pas envie de porridge. Elle nous montre l'insigne du parti national-socialiste qu'oncle Führer lui a donné hier soir. C'en est un spécial, tout en or. Un grand honneur, selon elle.

Il y a un instant d'excitation quand tata Eva et Maman traversent la cuisine au pas de course et vont s'enfermer dans la chambre de Maman. Je pensais que tata Eva viendrait nous parler après, mais elle est retournée jusque dans le *Führerbunker* sans même dire bonjour. Maman reste dans sa chambre l'essentiel de la matinée, puis descend à son tour, nous disant qu'elle va voir Papa.

Nous ne voyons personne dans la cuisine de toute la matinée. Mlle Manziarly nous fait généralement manger vers midi et demi, mais elle n'est pas venue aujourd'hui. Heide et Hedda sont allées chercher Papa et Maman, mais j'avais le sentiment qu'ils ne voulaient pas être dérangés. Finalement, nous sommes tous allés nous asseoir dans l'escalier menant au bunker du Führer en attendant de voir arriver quelqu'un. Je ne sais pas depuis combien de temps nous sommes là. Hilde lit son livre en s'aspirant les joues. Les autres et moi, nous nous contentons d'écouter. Nous savons qu'il a dû se passer quelque chose de grave pour que tout le monde ait oublié le repas. De temps à autre, nous entendons des bruits de pas, de portes. Pas beaucoup. Les bombardements sont incessants. Puis, soudain, nous percevons le cliquetis empressé de talons hauts, un martèlement intensif et les cris de Maman : « Laissez-moi entrer ! *Mein Führer*, par pitié, laissez-moi entrer ! S'il vous plaît !

— Allez-vous-en !

— Pitié, *mein Führer* !

— Partez ! »

Une porte qui claque. De profonds sanglots. Les bruits de pas de Maman qui bat en retraite.

Heide se met à pleurer. Je la prends dans mes bras pour la calmer. Hilde pose son livre et se blottit contre Holde et Hedda. Nous tendons l'oreille et finissons par entendre des bruits de course. Nous voyons alors Mme Junge gravir l'escalier, le souffle court.

« Oh, mon Dieu, les enfants ! Qu'est-ce que vous faites ici ?

— On attend le repas. Où est tout le monde ?

— Oh, tout le monde est très occupé aujourd'hui. Venez. Je vais vous faire à manger. Je vais voir ce que je peux trouver dans la cuisine. Vous devez mourir de faim.

— Pourquoi tout le monde est si occupé ? Qu'est-ce qui se passe ? Qu'est-ce qu'elle a, Maman ?

— Rien du tout. Je pense qu'elle a dû mal dormir et qu'elle est un peu fatiguée.

— Est-ce qu'on peut aller la voir ?

— Pas maintenant. Asseyez-vous à table et restez à vos places le temps que j'aille chercher à manger dans la cuisine de la chancellerie.

— Où est Papa ?

— Je crois qu'il est occupé. Là, il devrait y avoir du pain.

— Est-ce qu'on peut aller voir Maman et Papa ?

— Je vais voir ce qu'il y a dans la cuisine. »

Elle revient de la chancellerie avec du pain, du beurre et un bocal de cerises en conserve. C'est plus un petit déjeuner qu'un déjeuner. J'espère qu'on ne manque pas de nourriture.

Mme Junge parle sans cesse.

« Allez, mangez. Qui a besoin d'aide pour tartiner son pain ? Holde, peux-tu passer le couteau à beurre à Hilde ? Helmut, enlève tes coudes de la table. Qui veut des cerises ? Heide, tu dois manger la croûte. Allez-y, mangez, il en reste si vous en voulez encore. C'est une journée très chargée. Qui veut du pain ? De l'eau ? Heide ? Qui veut une tartine ? »

J'ai envie de hurler.

Soudain, il y a un bruit assourdissant – comme une explosion –, bien plus proche que tous les autres. Pendant une seconde, je crois que les Russes ont réussi à entrer dans le bunker, mais alors Helmut s'écrie : « Dans le mille ! », ce qui nous fait tous éclater de rire. Après ça, Mme Junge ne dit plus rien.

Hilde et moi l'aidons à débarrasser, puis nous allons tous nous reposer dans notre chambre. Cette horrible odeur de pâte d'amandes est revenue. Ça nous irrite le fond de la gorge et nous donne envie de vomir.

Aujourd'hui, il n'y a pas de goûter avec oncle Adi et tata Eva. Je n'avais pas tellement envie de le faire sans Blondi et les chiots, mais je suis quand même déçue que personne ne vienne nous chercher.

J'ai vraiment très envie de voir Maman, à présent.

Mlle Manziarly revient nous chercher pour le souper. Elle pose la nourriture sur la table sans un mot : des œufs sur le plat et de la purée de pommes de terre. Personne n'évoque le repas du midi. Puis elle prépare un plateau pour oncle Führer. Maman vient nous mettre au lit. Elle donne à Heide une écharpe de soie rouge pour son mal de gorge. On ne lui parle pas de ce qui s'est passé dans la journée. Elle a dû se disputer avec oncle Führer. Elle nous dit qu'elle a la migraine et me charge de lire l'histoire du coucher. Elle nous embrasse sur le sommet du crâne puis me laisse m'occuper de mes frère et sœurs. Je leur relis « Les Six Frères cygnes » et nous nous blottissons les uns contre les autres. Puis nous éteignons la lumière et essayons de dormir.

C'est l'une des nuits les plus bruyantes depuis notre arrivée ici. Des chants alcoolisés résonnent devant notre chambre. Ils semblent durer jusqu'au matin. Des voix rauques sonnant faux : « Tout a une fin, la douleur disparaît. Après chaque mois de décembre revient le mois de mai... »

En boucle. Des coups et des rires. « Hissez haut les drapeaux ! Nos camarades abattus par les rouges », puis autre chose. « Marchez la tête haute (un rot puissant), des roses rouge sang... » J'essaie de m'isoler du bruit en me cachant sous mes couvertures et en me rabattant mon oreiller sur les oreilles. Je m'imagine partir pour Schwanenwerder avec mon jeune soldat couvert de poussière.

# 1945

Après Noël, il a été décidé que le front russe était trop proche pour que le château de Lanke reste un endroit sûr. Ce n'est évidemment pas ce qu'on nous a dit. On nous a raconté que notre maison sur Schwanenwerder était vide depuis trop longtemps et qu'il fallait y retourner un peu. Je n'ai découvert la véritable raison qu'en écoutant les domestiques. Et les coups de feu. Nous entendions le grondement continu de la mitraille au loin, même si les autres pensaient qu'il s'agissait du tonnerre.

Papa et Maman étaient à Berlin. Mamie B. venait déjeuner tous les midis. Souvent du chou mariné et du jambon. Les repas étaient calmes, en dehors des incessants babillages de Helmut au sujet de la supériorité allemande et des armes miraculeuses. Aucun des adultes ne parlait. Hubi nous donnait des cours le matin – géométrie, orthographe et étude des mythes scandinaves. Mlle Schroeter s'occupait des petits. Nous avions cessé d'aller à l'école parce que les routes étaient pleines de réfugiés. Les gens quittaient l'Est, fuyant les Russes. Comme ceux que nous avions vus à bord du train, la plupart étaient des femmes et des enfants. Les mamans poussaient des landaus pleins de couvertures, de casseroles et de bébés. Leurs enfants traînaient les pieds derrière, avec leur chapeau et leur grand manteau.

Je n'arrivais plus à dormir. Je restais allongée pendant des heures à écouter la nuit. Je pensais sans cesse aux réfugiés et aux Russes, et plus je restais dans mon lit, plus j'avais peur. Je n'arrêtais pas de me lever pour aller voir Hubi. Elle a fini par m'autoriser à rester sur le sofa du petit salon des domestiques. Je ne parvenais pas plus à dormir, et j'entendais des histoires qui me causaient encore plus de cauchemars, mais au moins je ne me sentais plus si seule. Le petit salon des domestiques était attenant à la cuisine. La cuisinière, les servantes et les gouvernantes s'installaient à la table pour boire de la bière. C'était rassurant de les entendre discuter. Et quand elles baissaient la voix, je tendais l'oreille pour apprendre des choses que je n'avais pas à savoir.

Les domestiques tenaient leurs histoires des réfugiés, qui venaient parfois réclamer de l'eau ou de la nourriture à la cuisine. Des histoires horribles. Des histoires de femmes forcées à accoucher de bébés russes. D'autres que l'on pensait enceintes d'Allemands et à qui l'on ouvrait le ventre pour en arracher le fœtus. Ensuite, les soldats russes écrasaient la tête des bébés contre un mur ou sous leurs bottes. La voix grave de

Mlle Schroeter : « Ce sont des sauvages. Rien d'autre que des sauvages. »

C'est un soir, dans le sofa des domestiques, que j'ai appris que les Russes ont de bonnes chances de gagner la guerre. Ils ont récupéré tout l'espace vital qu'oncle Führer nous avait gagné à l'Est, mais ils ne se sont pas arrêtés aux anciennes frontières. Ils veulent nous détruire.

J'ai entendu des domestiques évoquer des plans d'évasion. M. Speer essayait vainement de convaincre Papa et Maman de nous cacher sur une péniche, sur la rivière. M. Naumann en avait même affrété une, qui nous attendait non loin de Schwanenwerder, pleine de nourriture et de couvertures. Hubi trouvait qu'on devait y aller, mais Mlle Schroeter estimait que c'était de toute façon sans espoir. Tout le personnel semblait d'accord pour dire que nous aurions dû être envoyés en Suisse depuis des années. « Combien de temps seront-ils en sécurité sur Schwanenwerder ? Deux mois, avec de la chance ! » Chacun préparait sa propre fuite. Hubi voulait rester avec nous aussi longtemps que possible.

Au final, le *Hauptsturmführer* Schwägermann et l'*Obersturmführer* Rach sont venus nous chercher. Hilde et moi avons aidé les petits à préparer leurs affaires. Nous sommes allés dire au revoir à Mamie Goebbels. Elle était assise en silence dans sa robe noire. Tata Maria était à côté d'elle. Elle avait une ride verticale entre les deux yeux que je n'avais encore jamais remarquée. « Que veulent dire ces absurdités, encore ? » nous a demandé Mamie G. Nous lui avons expliqué que nous retournions sur Schwanenwerder. « Dans ce cas, au revoir. » Nous avons embrassé chacun à notre tour ses joues mouillées.

Nous sommes montés dans deux voitures. Hubi était dans la nôtre. Mamie B. et Mlle Schroeter accompagnaient les petits. Nous avons rejoint la file de réfugiés, avec leurs charrettes et leurs landaus. Nous avancions lentement, en attendant qu'ils s'écartent pour nous laisser passer. Un gros chariot était pris dans une congère et le *Hauptsturmführer* Schwägermann a dû descendre pour aider à pousser. C'était un grand soulagement de se déplacer, d'avancer, enfin, dans la bonne direction, de faire quelque chose, de se mêler à la foule. Les Russes ne tueraient tout de même pas autant de monde.

Nous sommes restés sur Schwanenwerder presque toute la période entre Noël et Pâques. Nous n'avions pas cours parce que les écoles sur place avaient fermé. C'était un peu comme des vacances, sauf que Mlle Schroeter et Hubi continuaient à nous faire la leçon le matin. Le reste du temps, nous jouions dans le jardin, à faire des bonshommes de neige puis à jouer dans les flaques de gadoue quand la neige avait fondu. Nous entendions les pistolets russes se rapprocher. Mamie B. continuait à nous faire croire que c'était le tonnerre. Elle soupirait beaucoup et se tamponnait le visage avec son mouchoir.

Maman est venue nous voir. Elle est arrivée avec les joues rosies par le froid. Elle nous a serrés très fort dans ses bras. Il n'y avait pas lieu de s'inquiéter. « Oncle Führer est le meilleur chef du monde et il vaincra ses ennemis. Les gentils l'emporteront. Tout sera bientôt terminé. Nous serons très vite en paix. » Elle a posé ses grosses mains fermes sur mes épaules. J'ai scruté ses grands yeux bleu-gris pour essayer de voir si elle croyait à ce qu'elle racontait. Mais je ne voyais pas au-delà de la couleur.

Elle est restée deux jours. C'est à cette période que M. Speer et sa secrétaire sont venus lui rendre visite. Peut-être qu'ils essayaient de la convaincre de nous cacher sur la péniche. Je l'ignore. Tout ce que je sais, c'est qu'elle nous a lu des histoires, nous a fait chanter des chansons, a supervisé nos leçons de musique. J'ai souvent des souvenirs de quand j'étais toute petite : quand elle me tenait les mains pour m'aider à guider le tissu dans la machine à coudre, ou pour remuer la lourde pâte de pain d'épice avec une cuillère en bois ; elle était alors là à temps plein, capable de tout et complètement aux commandes. Elle semblait avoir égaré ces qualités au milieu des fleurs de son édredon. Je n'avais plus vu sa force depuis des siècles. À présent, elle semblait revenue et, pendant deux jours, nous avons eu son attention pleine et entière. Puis elle est montée dans la voiture noire et est repartie vers Papa et Berlin. Quant à nous, nous sommes restés avec Hubi, Mlle Schroeter et Mamie B. À attendre quelque chose. À attendre, même si on l'ignorait encore, le coup de téléphone de Maman qui nous dirait de les rejoindre à Berlin. « Nous » ne désignant que les enfants. Pas Hubi, ni Mlle Schroeter, ni Mamie B.

Elle a téléphoné le jour de repos de Hubi. Mlle Schroeter et Mamie B. nous ont aidés à faire nos bagages. On nous a dit de ne pas prendre trop d'affaires. Nous devions choisir chacun un jouet. Et donc, nous savions que nous ne partions pas longtemps. Pourtant, j'avais quand même une boule dans la gorge, parce que nous n'aurions pas l'occasion de dire au revoir à Hubi. Nous avons toutes choisi une poupée, sauf Helmut, qui a emporté un tank. Mamie B. n'arrêtait pas de pleurer, ce qui n'arrangeait rien. « Si seulement je pouvais la revoir au moins une fois. » Holde lui a gentiment tapoté dans le dos. « La guerre est presque terminée, Mamie B. Tu reverras Maman après. »

# Dixième jour dans le bunker

## Mardi 1er mai 1945

Une meilleure journée. La matinée la plus calme d'entre toutes. Pas un bruit à l'intérieur, et seulement de rares détonations dehors. C'est peut-être la fin, peut-être qu'à la dernière minute des renforts sont arrivés et ont repoussé les Russes.

Maman vient nous préparer. Elle semble fatiguée, mais elle a d'excellentes nouvelles : demain, nous irons tous à Berchtesgaden ! Ils ont loué un avion avec un pilote hors pair pour nous sortir de là. Nous irons nous coucher tôt ce soir, afin de pouvoir partir à la première heure demain. J'attends ce moment depuis longtemps, mais, maintenant qu'il approche, je me sens un peu nerveuse. Le voyage risque d'être très dangereux.

Les petits ne pensent pas à tout ça et se mettent à danser dans toute la chambre.

Je ne sais pas qui va venir avec nous. Au moins Papa et Maman, tata Eva et oncle Adi, mais je ne suis pas très sûre pour Mme Junge, Liesl et Mlle Manziarly. J'espère vraiment qu'elles vont nous accompagner. Surtout Liesl. À mon avis, oui, parce que oncle Adi et tata Eva vont avoir besoin d'elles.

Encore du porridge au petit déjeuner. Mlle Manziarly est de nouveau très silencieuse, ce qui me fait me poser des questions. Je n'ose pas lui demander ce qu'elle prévoit de faire. Après le petit déjeuner, nous allons préparer toutes nos affaires – Maman n'a même pas eu besoin de nous forcer –, sauf nos chemises de nuit, parce qu'on va encore en avoir besoin ce soir.

Puis nous jouons un petit moment dans le couloir. Il y a encore pas mal de vestiges d'hier soir : des bouteilles de champagne, de schnaps et de bière, des conserves de fruits et des emballages de chocolat, des bouts de saucisse et des mégots de cigarette. C'est charmant. Je ne sais pas ce que fait le personnel de cuisine.

Nous commençons un jeu de gages, et Maman et Papa nous rejoignent un moment, sans toutefois participer. Je crois qu'ils ont trop de choses en tête, avec tous les préparatifs pour le départ. À vrai dire, ils ont tous les deux l'air un peu malade. Maman fume cigarette sur cigarette, Papa a la mâchoire qui tressaille.

C'est encore une de ces longues matinées durant lesquelles le temps semble s'être arrêté. Nous en avons marre de jouer aux gages. Marre de jouer aux cartes. Marre de dessiner. Finalement, Mlle Manziarly nous prépare des sandwichs pour le déjeuner.

Après ça, nous n'allons pas vraiment faire la sieste, parce que personne ne nous y force. Nous descendons au *Führerbunker* pour voir ce qui s'y passe. Nous ne voyons ni tata Eva, ni oncle Führer, ni Liesl, alors nous ne risquons pas de les déranger ni de faire trop de bruit.

En revanche, j'ai vu le jeune soldat. Il est venu chercher un télégramme auprès de M. Bormann. Il nous a dépassés pour gravir l'escalier en courant et il s'est arrêté juste avant de disparaître. Il s'est retourné une fraction de seconde et il m'a souri. Il m'a remarquée !

Nous prenons le goûter avec Maman et Papa dans la chambre du bas de Papa. Tata Eva et oncle Adi ne viennent pas nous rejoindre. Il y a un gros gâteau au chocolat, et comme Papa et Maman n'en veulent pas, il est pour nous tout seuls. Je crois que le lait a encore dû tourner, parce que notre chocolat chaud a un goût bizarre. Aucun d'entre nous n'a vraiment envie de le boire, mais Maman dit qu'on va avoir besoin de forces pour le voyage de demain, alors il faut tout finir.

Je ne sais pas ce qui a causé ça. Le fait que Maman semble si fatiguée. Ou le goût bizarre du chocolat. En tout cas, j'ai de nouveau la gorge toute nouée. Je ne peux pas m'en empêcher. J'essaie de me retenir, je réussis même à ne pas bouger le visage, mais je sens les larmes couler. Je ne peux pas les arrêter. Je ne les essuie pas, parce que j'espère que personne ne les remarquera. Je sens le goût du sel sur mes lèvres. Je ne bouge pas. Hilde, qui est assise à côté de moi, est la première à les apercevoir. Elle me caresse le bras en souriant.

Maman a dû la voir.

« Helga, dit-elle d'une voix très calme, s'il te plaît. »

Je déglutis douloureusement. Elle ouvre la porte pour nous raccompagner à notre chambre.

« Nous allons tous nous coucher tôt, ce soir, dit-elle. Allez vous préparer pour vous mettre au lit. Je vais chercher le Dr Kunz pour qu'il vous fasse votre vaccin avant notre départ. »

Heide gambade devant, son écharpe en soie rouge flottant derrière elle. « Misch, Misch, tu as de grosses miches ! » M. Misch nous adresse, comme d'habitude, un sourire. Un sourire triste. Il ouvre la bouche pour parler, mais il ne dit rien. Tout se passe comme au ralenti. J'ai les jambes en coton. Maman me plaque fermement sa main dans le dos.

« Allons, Helga, ressaisis-toi. »

Nous enfilons nos chemises de nuit et venons de finir de nous préparer quand nous entendons les talons de Maman résonner dans le couloir. Elle entre dans la chambre avec le Dr Kunz.

Le Dr Kunz est tout gris. Ses vêtements sont gris, ses cheveux sont gris, sa peau est grise. Il a l'air nerveux. Il tient une sacoche noire d'une main tremblante.

Maman dit : « D'abord Helga. » Elle s'approche de moi, me donne un petit chocolat et m'embrasse. Elle en a un pour chacun d'entre nous. En un instant, elle a disparu.

La famille Goebbels, en 1942.
En haut : Joseph, Hilde, Helga, Harald.
Devant : Helmut, Holde, Magda, Heide, Hedda.

# Postface

Le 3 mai 1945, les troupes soviétiques ont pénétré dans le bunker d'Hitler et y ont découvert les six enfants Goebbels, gisant dans leur lit. Ils portaient leurs chemises de nuit blanches et les filles avaient un ruban dans les cheveux.

L'histoire de leurs derniers jours a été reconstituée à partir des témoignages des survivants du bunker.

Le 30 avril 1945, Hitler a mangé son dernier repas en compagnie de Mlle Manziarly, de Mme Junge et de ses autres secrétaires. À la fin du repas, il s'est levé et a annoncé : « L'heure est venue ; tout est terminé. » Il est allé trouver Goebbels, qui a tenté de le convaincre de quitter Berlin. Hitler a affirmé que sa décision était prise, mais il a encouragé Goebbels à essayer de prendre la fuite. Ce dernier a dit qu'il refusait d'abandonner son Führer.

Les occupants adultes du bunker se sont alignés pour un adieu protocolaire. Adolf Hitler et Eva

Braun ont encouragé tout le monde à essayer de fuir, avant de se retirer tous deux dans le salon d'Hitler. Magda Goebbels a soudain fondu en larmes et demandé à voir le Führer. Il a fini par accepter à contrecœur. Elle l'a supplié de prendre la fuite. Il a refusé et elle a capitulé en sanglotant.

Cet après-midi-là, Adolf Hitler et son épouse Eva Braun se sont assis sur le petit sofa du Führer. On présume qu'elle a absorbé une capsule de cyanure, tandis que son mari a avalé le poison avant de se tirer une balle dans la tempe. Il a laissé des instructions pour qu'ils soient incinérés.

Le lendemain, Magda Goebbels a pris des dispositions pour que ses enfants soient tués. Helmut Kunz, un dentiste, a accepté de leur injecter une dose de morphine, mais il a refusé de participer davantage. Selon certains rapports, Magda Goebbels aurait alors elle-même tenté de glisser les capsules de cyanure dans la bouche de ses enfants endormis, sans parvenir à s'y résoudre. Elle aurait alors fait venir le Dr Stumpfegger. Ils seraient entrés ensemble dans la chambre des enfants. Peut-être l'a-t-elle aidé en ouvrant la bouche des petits tandis qu'il leur versait des ampoules de cyanure d'hydrogène dans la gorge. Ce poison mortel à l'odeur de pâte d'amandes avait auparavant été testé sur les chiens, avant d'être utilisé la veille par Eva Braun.

D'après les autopsies pratiquées par les médecins russes, le corps des enfants ne portait aucune trace de contusion, sauf celui de Helga. Celle-ci avait des hématomes au visage, semblant indiquer que l'usage de la force avait été nécessaire pour lui faire avaler le poison.

# Lettre du Dr Joseph Goebbels
# à son beau-fils, Harald Quandt,
# datée du 28 avril 1945

Commencée dans le *Führerbunker*

28 avril 1945

*Mon cher Harald,*
*Nous sommes désormais confinés dans le bunker du Führer sous la chancellerie du Reich, et nous luttons pour notre survie et notre honneur. Dieu seul connaît l'issue de cette bataille. Je sais en revanche que nous sortirons d'ici morts ou vivants, mais avec les honneurs et la gloire. Je ne pense pas que nous nous reverrons un jour. Ce sont donc probablement les derniers mots que tu recevras de ma part. J'espère que, si tu survis à cette guerre, tu t'attelleras à nous faire honneur, à ta mère et à moi. Il n'est pas indispensable que nous survivions pour continuer à influencer notre*

peuple. Il se pourrait bien que tu sois le seul à pouvoir perpétuer la tradition familiale. Agis toujours d'une manière qui ne nous fasse pas honte. L'Allemagne se relèvera de cette guerre épouvantable, à la seule condition que des exemples forts aident la population à se remettre debout. Nous aimerions donner ce genre d'exemple. Tu peux être fier d'avoir une mère comme la tienne. Hier, le Führer lui a donné l'insigne doré du parti qu'il a porté sur sa tunique pendant des années, et elle l'a amplement mérité. Tu n'as plus qu'une chose à accomplir : te montrer digne du sacrifice ultime que nous sommes prêts et déterminés à accomplir. Je sais que tu seras à la hauteur. Ne te laisse pas décontenancer par la rumeur mondiale qui va naître bientôt. Un jour, les mensonges s'effondreront d'eux-mêmes et la vérité triomphera de nouveau. C'est à ce moment-là que nous apparaîtrons propres et immaculés aux yeux de tous, comme nous nous sommes toujours efforcés de l'être. En cela, nous pensons avoir réussi.

Adieu, mon cher Harald. Que nous nous revoyions ou non ne dépend plus que de Dieu. Si nous ne nous revoyons pas, sois fier d'avoir appartenu à une famille qui, même dans le malheur, est restée fidèle jusqu'aux derniers instants à son Führer et à sa cause juste et sacrée.

Je te souhaite le meilleur et t'adresse mes salutations les plus sincères.

Ton papa

# Lettre de Magda Goebbels
# à son fils, Harald Quandt,
# datée du 28 avril 1945

Écrite dans le *Führerbunker*

28 avril 1945

*Mon fils adoré,*
*Nous sommes maintenant ici, dans le bunker*
*du Führer, depuis six jours – Papa, tes six petits*
*frère et sœurs et moi – afin d'apporter la seule*
*conclusion honorable possible à notre existence*
*dévolue au national-socialisme. Je ne sais si tu*
*recevras un jour cette lettre. Peut-être reste-t-il*
*une âme humaine qui me permettra de te faire*
*passer ces derniers adieux. Il faut que tu saches*
*que je suis restée contre l'avis de Papa, que, pas*
*plus tard que dimanche dernier, le Führer voulait*
*m'aider à m'échapper d'ici. Tu connais ta mère*
*– nous sommes du même sang –, je ne l'ai pas*

*envisagé un seul instant. Notre merveilleux concept se meurt, et, avec lui, tout ce que j'ai connu de beau, d'admirable, de noble et de bon dans la vie. Un système qui renverse le Führer et le national-socialisme ne mérite pas d'être connu, c'est pourquoi j'ai amené les enfants avec nous ici. Ils sont trop doux pour cette existence qu'ils auraient à subir et un Dieu miséricordieux saura me pardonner si je les en libère personnellement. Quant à toi, tu vas continuer à vivre, et j'ai une seule requête à te formuler : n'oublie jamais que tu es allemand, ne fais jamais rien de déshonorant et fais en sorte par tes actes que notre mort ne soit pas vaine.*

*Les enfants sont merveilleux. Ils s'accommodent courageusement de ces conditions rudimentaires. Qu'ils aient à dormir par terre, qu'ils puissent ou non se laver, que leurs assiettes soient pleines ou vides, ils n'ont jamais un mot pour se plaindre ou une larme. Des tirs de mortier secouent le bunker. Les adultes protègent les plus petits, dont la présence ici est une telle bénédiction qu'ils sont parfois récompensés d'un sourire du Führer.*

*Hier soir, le Führer a retiré son insigne doré du parti pour l'épingler à mon chemisier. Je suis tellement heureuse et fière. Dieu fasse que je trouve la force d'accomplir cette ultime tâche, la plus difficile d'entre toutes. Nous n'avons désormais plus qu'un seul but dans l'existence : rester fidèles au Führer jusqu'à la mort. Que nous puissions partager nos derniers instants avec lui est un cadeau du destin dont nous n'aurions jamais osé rêver.*

*Harald, mon chéri – voici la chose la plus importante que la vie m'a apprise : reste fidèle –*

envers toi-même, envers l'humanité, envers ton pays –, quelles que soient les circonstances.

Il est compliqué d'entamer une nouvelle page. Qui sait si je la finirai, mais je veux te transmettre tellement d'amour et de force, et te prendre un maximum de ce chagrin que tu endureras à notre perte. Sois fier de nous et essaie de te souvenir de nous avec fierté et plaisir. Tout le monde doit mourir un jour, et ne vaut-il pas mieux connaître une existence brève, mais belle, honorable et courageuse que subir une éternité d'humiliations ?

Ma lettre doit partir – Hanna Reitsch va l'emporter. Elle va redécoller, une fois de plus. Je t'embrasse avec tout mon amour, ardent, sincère et maternel.

Mon fils adoré
Vis pour l'Allemagne !

Ta maman

# Qui est qui

Les personnages n'apparaissant pas dans cette liste sont purement fictifs.

**Arlosoroff Victor (Chaim)** (1899-1933) était un sioniste russe avec lequel Magda avait entretenu une liaison avant (et probablement pendant) son premier mariage. Ses sœurs, Lisa Arlosoroff-Steinberg et Dora Arlosoroff, étaient de proches amies d'adolescence de Magda. Victor a été assassiné en Palestine en 1933. Des cérémonies du souvenir ont été organisées en son honneur dans des villes du monde entier, y compris à Berlin.

**Baarová Lida** – voir *Lida*.

**Behrend Auguste** – voir *Mamie Behrend*.

**Blondi** – le berger allemand d'Hitler, tué dans le bunker avec ses chiots pour tester le cyanure qu'Eva Braun allait utiliser pour se suicider.

**Bormann Martin** – voir *M. Bormann*.

**Braun Eva** – voir *Tata Eva*.

**Caspar Horst** (1913-1952), vedette de *Kolberg*, film de propagande de 1945.

**Dara** – Gerda Christian, née Daranowski (1913-1997), ancien mannequin et secrétaire d'Hitler. Elle a fui le bunker le 1$^{er}$ mai 1945. Elle est devenue plus tard une dirigeante néonazie et a passé le reste de sa vie à Düsseldorf.

**Fegelein Gretl** – voir *Gretl*.

**Fegelein Hermann Otto** – voir *Obergruppenführer Fegelein*.

**Flegel Erna** – voir *Mlle Flegel*.

***Flugkapitän* Reitsch** – voir *Reitsch Hanna*.

**Frédéric le Grand** – le roi Frédéric II de Prusse (1712-1786).

**Friedländer Richard** – voir *Grand-père Friedländer*.

***Generalfeldmarschall* Rommel** – voir *Rommel Erwin*.

**Général von Greim** – voir *Greim Robert Ritter von.*

**Gerda**, nom fictif d'une bonne inconnue que Magda a renvoyée pour avoir tenté de se suicider.

**Gerda Christian** – voir *Dara.*

**Goebbels Hedda** – voir *Hedda.*

**Goebbels Heide** – voir *Heide.*

**Goebbels Helga** – voir *Helga.*

**Goebbels Helmut** – voir *Helmut.*

**Goebbels Hilde** – voir *Hilde.*

**Goebbels Holde** – voir *Holde.*

**Goebbels Joseph** – voir *Papa.*

**Goebbels Katharina Maria** – voir *Mamie Goebbels.*

**Goebbels Magda** – voir *Maman.*

**Goldschmidt Regine** – voir *Reggie.*

**Göring Edda** – née en 1938, la fille unique de Hermann et Emmy Göring, encore en vie aujourd'hui. Elle serait depuis toujours une fervente supportrice de l'idéologie nazie. Sa naissance a été célébrée par cinq cents avions survolant Berlin. Hermann Göring aurait affirmé que la patrouille aurait été deux fois plus nombreuse si Edda avait été un garçon.

**Göring Emma** – voir *Tata Emmy*.

**Göring Hermann** – voir *Oncle Hermann*.

**Grand-père Friedländer** (?-1939) était le petit ami de la mère de Magda, Auguste Behrend. Ils se sont séparés à peu près à l'époque où Magda a épousé Gunther Quandt, en 1921. Il serait allé demander aux Goebbels d'être épargné par la loi anti-Juifs, mais sa requête aurait été rejetée. Il a sans doute été déporté à Buchenwald en 1938, où il serait mort en 1939.

**Grand-père Ritschel** – Oskar Ritschel, mort en 1941, était le père de Magda. Il n'a sans doute jamais été marié à sa mère et tous deux se sont séparés alors que Magda était encore très jeune. Il était ingénieur et homme d'affaires. Il aurait fait découvrir le bouddhisme à Magda.

**Greim Robert Ritter von** (1892-1945), maréchal, pilote, et dernier chef de la Luftwaffe, quand Hitler l'a nommé en remplacement de Göring à la fin de la guerre. Il s'est suicidé après avoir été capturé par les Américains en mai 1945.

**Gretl** – Gretl Fegelein, née Braun (1915-1987), était la sœur d'Eva Braun. Elle a donné naissance à la fille de Fegelein le 5 mai 1945, une semaine après la mort de ce dernier et quelques jours après celle d'Eva. Elle a d'ailleurs nommé sa fille Eva.

**Hanke Karl** – voir *Secrétaire d'État Hanke*.

**Harald** (1921-1967) était le fils unique issu du premier mariage de Magda Goebbels avec Gunther Quandt. Pilote dans la Luftwaffe pendant la guerre, il a été blessé et capturé par les Britanniques en Italie en 1944. Il a été libéré en 1947. En 1954, lui et son demi-frère ont hérité de l'empire industriel de leur père, devenant deux des hommes les plus riches d'Allemagne. Il s'est marié et a eu cinq filles. Il est mort dans un accident d'avion.

*Hauptsturmführer* **Schwägermann** – Gunther Schwägermann (1915- ?) était l'aide de camp de Joseph Goebbels. Il a quitté le bunker au soir du 1er mai 1945 et a plus tard fui l'Allemagne de l'Ouest, où il était détenu par les Américains jusqu'en 1947. On ignore ce qu'il est devenu ensuite.

**Hedda** – Hedwig Johanna, l'avant-dernière des enfants Goebbels, est née en 1938. Elle a été tuée dans le bunker peu avant son septième anniversaire.

**Heide** – Heidrun Elisabeth, la plus jeune des enfants Goebbels, est née en 1940. Elle a quatre ans quand elle est tuée dans le bunker.

**Helga** – Helga Suzanne, la narratrice de l'histoire, est née en 1932 et avait douze ans quand elle a été tuée dans le bunker.

**Helmut** – Helmut Christian, l'unique fils des Goebbels, est né en 1935. Il avait neuf ans quand il a été tué dans le bunker.

**Hilde** – Hildegard Traudl, deuxième fille des Goebbels, est née en 1934. Elle venait d'avoir onze ans quand elle a été tuée dans le bunker.

**Himmler Heinrich** – voir *M. Himmler*.

**Hitler Adolf** – voir *Oncle Führer*.

**Holde** – Holdine Kathrin, quatrième enfant des Goebbels, est née en 1937. Elle avait huit ans quand elle a été tuée dans le bunker.

**Hubi** – Kathe Hubner, puis Leske, était la gouvernante des aînées Goebbels entre 1943 et 1945. Elle a survécu à la guerre.

**Hubner Kathe** – voir *Hubi*.

**Junge Gertraud** – voir *Mme Junge*.

**Kauffmann Angelika** (1741-1807) était une peintre austro-suisse, amie de Joshua Reynolds, dont Hitler admirait le travail. Très populaire en son temps, sa réputation a depuis décliné.

**Kempf Annemarie** – voir *Mlle Kempf*.

**Kimmich Maria** – voir *Tata Maria*.

**Dr Kunz** – Helmut Kunz était un dentiste SS dont on pense qu'il a injecté la morphine aux enfants avant leur empoisonnement, même si l'on dit qu'il a refusé de leur donner la mort lui-même. On ignore ce qu'il est devenu.

**Leske Herbert** – voir *M. Leske.*

**Lida** – Lida Baarová (1914-2000) était une actrice tchèque, vedette de l'industrie du cinéma allemand, ayant eu une liaison avec Joseph Goebbels, qui a pris fin quand elle a été déportée sur ordre d'Hitler en 1938. À la fin de la guerre, elle a été emprisonnée pendant un an en Tchécoslovaquie pour son passé nazi. Après sa libération, elle a continué à tourner de temps en temps. Elle n'a jamais regretté sa liaison.

**Liesl** – Anneliese, la suivante personnelle d'Eva Braun. Dans une lettre que cette dernière a écrite du bunker à sa sœur Gretl le 23 avril 1945, elle explique : « Ma fidèle Liesl refuse de me laisser. » Je remercie infiniment Elizabeth Humphris de m'avoir indiqué que son nom de famille était Ostertag et qu'elle a survécu à la guerre.

**M. Bormann** – Martin Bormann (1900-1945) était le secrétaire particulier d'Hitler. Il est mort en s'échappant du bunker, sans doute en se suicidant à l'aide d'une capsule de cyanure. Sa femme a succombé à un cancer l'année suivante, laissant leurs neuf enfants orphelins.

**M. Himmler** – Heinrich Himmler (1900-1945) était le chef de la SS et a coordonné la mort de millions de Juifs. Il s'est suicidé en 1945, après avoir été capturé par les Britanniques.

**M. Leske** – Herbert Leske était marié à Kathe Hubner. Quatre ans après la fin de la guerre, celle-ci a appris qu'il était mort au combat.

**M. Misch** – Rochus Misch, né en 1917, était le téléphoniste du bunker. Il a fui le bunker le 2 mai 1945 avant d'être capturé par les Russes et emprisonné dans un goulag jusqu'en 1954. En 2005, lorsque le Mémorial de l'Holocauste a ouvert ses portes à Berlin, il a demandé une plaque commémorative pour les enfants Goebbels sur le site du bunker, ce qui lui a été très largement reproché. Il était le dernier survivant du bunker, jusqu'à sa mort le 5 septembre 2013.

**M. Naumann** – Werner Naumann (1909-1982) était l'un des secrétaires de Goebbels au ministère de la Propagande. Magda Goebbels se serait éprise de lui en 1944, mais après avoir été menacé par le mari de celle-ci, il aurait pris ses distances par la suite. Il s'est échappé du bunker le 1$^{er}$ mai 1945 et est devenu directeur d'une usine métallurgique possédée par Harald, le fils de Magda.

**Maman** – Magda Goebbels (1901-1945). Après avoir tué ses enfants, elle est descendue, en larmes, dans le *Führerbunker* et a fait une réussite. Puis elle a accompagné Joseph Goebbels dans le jardin de la chancellerie du Reich, où ils se sont tous les deux suicidés. Elle a avalé une dose de cyanure.

**Mamie Behrend** – Mamie B., Auguste Behrend (1879- ?), était la mère de Magda

Goebbels. Elle a survécu à la guerre. Elle n'a jamais su ce que les Russes avaient fait des corps de ses petits-enfants.

**Mamie Goebbels** – Katharina Maria Goebbels, née Odenhausen, était une catholique néerlandaise née d'une famille pauvre d'agriculteurs. Elle a survécu à la guerre.

**Manziarly Constanze** – voir *Mlle Manziarly*.

**Misch Rochus** – voir *M. Misch*.

**Mlle Flegel** – Erna Flegel (1911-2006) était une infirmière de la Croix-Rouge. Elle est restée dans le bunker durant l'assaut soviétique et a vécu une longue vie paisible après la guerre.

**Mlle Kempf** – Annemarie Kempf, née Wittenberg (1914-1991), était la secrétaire d'Albert Speer jusqu'à la fin de la guerre. Quand Speer a échoué à convaincre Magda Goebbels d'essayer de sauver ses enfants en les envoyant sur la péniche, il a chargé Annemarie Kempf d'aller lui parler, dans l'espoir que Magda écouterait une femme. Cela ne changea rien. Après la guerre, Annemarie Kempf a consacré son existence aux enfants mutilés.

**Mlle Manziarly** – Constanze Manziarly, la cuisinière d'Hitler. A été vue pour la dernière fois dans un souterrain du bunker, escortée de deux soldats allemands, après avoir fui le *Führerbunker* le soir du 1er mai 1945. Après le suicide d'Hitler, elle a continué à lui préparer des repas pour dissimuler sa mort à ceux qui ne faisaient pas partie du cercle des intimes.

**Mlle Schroeter** – gouvernante des plus jeunes enfants Goebbels.

**Mme Junge** – Traudl Junge, née Gertraud Humps (1920-2002), a été la secrétaire d'Hitler de 1943 à 1945. Elle s'est échappée du bunker le soir du 1er mai et a survécu à la guerre. Ses Mémoires, *Bis zur letzten Stunde : Hitlers Sekretärin erzählt ihr Leben*[1], ont été une mine d'informations pour la rédaction de ce livre.

**Naumann Werner** – voir *M. Naumann*.

*Obergruppenführer* **Fegelein** – Hermann Otto Fegelein (1906-1945). Il était général de la Waffen SS. Il a épousé la sœur d'Eva Braun, Gretl, en 1944. Il a quitté le bunker et a été arrêté, ivre, dans son appartement berlinois, accusé de tentative d'évasion. Il aurait été exécuté le 29 avril 1945 sur ordre d'Hitler.

*Obersturmführer* **Rach** – Gunther Rach était un chauffeur nazi (dates inconnues). On ignore ce qu'il est devenu.

**Oncle Adi** – voir *Oncle Führer*.

---

1. *Dans la tanière du loup : les confessions de la secrétaire de Hitler*, Taillandier, 2005, 2014. Traduit de l'allemand par Janine Bourlois.

**Oncle Führer** – oncle Adi – Adolf Hitler (1889-1945), chancelier d'Allemagne de 1933 à 1945. Le 30 avril 1945, Eva Braun et lui se sont retirés dans son salon du bunker inférieur. Assis côte à côte sur le sofa, il s'est tiré une balle dans la tête tandis qu'elle absorbait une capsule de cyanure. Les enfants n'ont jamais appris leur mort.

**Oncle Hermann** – Hermann Göring (1893-1946) était le commandant en chef de l'armée de l'air allemande. Il était connu pour son extravagance, sa dépendance à la drogue et le fait qu'il a accumulé les richesses et les kilos durant le régime nazi. Condamné pour crimes de guerre et crimes contre l'humanité au cours du procès de Nuremberg, il s'est donné la mort la nuit précédant son exécution par pendaison.

**Oven Wilfried von** (1912-2008) était l'attaché de presse de Joseph Goebbels. Il est né et mort en Amérique du Sud.

**Papa** – Joseph Goebbels (1897-1945) était le ministre de la Propagande et de l'Information d'Hitler. Il s'est tué par balle dans le jardin de la chancellerie du Reich le 1<sup>er</sup> mai 1945. Quand les Russes ont pénétré dans le bunker le 3 mai, son corps carbonisé a été retrouvé à côté de celui de sa femme. Il n'y avait pas eu assez d'essence pour réduire les cadavres en cendres.

**Quandt Gunther** (1881-1954) était le premier mari de Magda Goebbels et le père de Harald. Il a fondé un empire industriel dont fait aujourd'hui partie la marque BMW. Il a eu deux enfants de son premier mariage, Helmut et Herbert. Magda aurait été amoureuse de Helmut, bien plus proche d'elle en âge que Gunther. Helmut est mort dans ses bras d'une crise d'appendicite à dix-neuf ans à peine. Magda et Gunther ont divorcé deux ans plus tard.

**Quandt Harald** – voir *Harald*.

**Rach Gunther** – voir *Obersturmführer Rach*.

**Reggie** – Regine Goldschmidt (1924-1944) était la fille de Samuel Goldschmidt, banquier juif et voisin des Goebbels sur Schwanenwerder, avant que Joseph Goebbels ne s'approprie son bien. La famille Goldschmidt a fui vers la France, où Samuel est mort en 1940. Regine a sans doute été déportée, car elle est morte à Auschwitz. Tous les détails la concernant ont été imaginés.

**Reitsch Hanna** (1912-1979) était une pilote ayant battu de nombreux records. Elle aurait été le pilote personnel préféré d'Hitler. Après s'être envolée de Berlin, elle a été capturée par les Américains en compagnie de von Greim et détenue pendant dix-huit mois. Au cours de cette période, son père a tué sa mère, sa sœur et les enfants de sa sœur avant de se donner la mort, après avoir dû fuir la Pologne. À sa libération, Reitsch a continué de voler. Certains de ses records en vol à voile tiennent encore aujourd'hui.

**Ritschel Oskar** – voir *Grand-père Ritschel*.

**Rommel Erwin** (1891-1944), surnommé le « Renard du désert » pour ses tactiques élaborées en Afrique du Nord lors de la Seconde Guerre mondiale. Célèbre pour s'être opposé à l'exécution de prisonniers de guerre juifs. Il a été soupçonné d'être impliqué dans le complot visant à assassiner Hitler le 20 juillet 1944 et a été contraint au suicide.

**Schertz Georg**, né en 1935, est devenu chef de la police berlinoise. Il a vécu toute sa vie sur Schwanenwerder, où il a fait la connaissance de Helmut Goebbels.

**Schwägermann Gunther** – voir *Hauptsturmführer Schwägermann*.

**Secrétaire d'État Hanke** – Karl Hanke (1903-1945) travaillait au ministère de la Propagande de Joseph Goebbels. Il aurait eu une liaison avec Magda Goebbels en 1938. Il aurait été exécuté par les Tchèques ou les Polonais en 1945.

**Silverstein Hans** (?-1915) était un soldat juif mort en combattant pour l'Allemagne au cours de la Première Guerre mondiale.

**Soldat poussiéreux** – le jeune soldat qui a laissé tomber son verre s'appelait Armin D. Lehmann (1928-2008) et est l'auteur de *In Hitler's Bunker*[1], dans lequel il évoque l'incident

---

1. *Le Dernier Bastion : un enfant-soldat dans le bunker d'Hitler*, Calmann-Lévy, 2005. Traduit de l'anglais par Jacques Guiot.

du verre. Il était un jeune soldat dans le bunker travaillant comme courrier. Il s'est échappé le 1er mai 1945. Il est depuis devenu militant pacifique. Il a émigré aux États-Unis en 1953 où il a travaillé en tant que professeur de tourisme en Californie. Son importance aux yeux de Helga est imaginée.

**Speer Albert** (1905-1981) était l'architecte en chef d'Hitler et organisait les rassemblements nazis. En tant que ministre de l'Armement, il a développé la machine de guerre allemande en employant de la main-d'œuvre concentrationnaire. Il est célèbre pour s'être excusé lors du procès de Nuremberg. Son implication dans l'élimination des Juifs est encore aujourd'hui sujette à débat. Il a été emprisonné à Spandau jusqu'en 1966 ; il en profita pour mesurer le terrain de la prison et il y marcha 31 936 km, s'imaginant faire le tour du monde à pied en visualisant sa progression.

**Speer Ernst**, né en 1943, est le plus jeune des six enfants d'Albert Speer, qui ont tous survécu à la guerre.

**Speer Grete** – Grete (ou Margret) Speer, née en 1938, était la deuxième fille d'Albert et de Margret.

**Speer Margret** – Margret (ou Margarete) Speer, née Weber (1905-198?), l'épouse d'Albert Speer.

**Dr Stumpfegger** – Ludwig Stumpfegger (1910-1945) était un médecin SS devenu médecin personnel d'Hitler en 1944. Il a aidé Magda à administrer le cyanure aux enfants endormis. Il est mort en s'échappant du bunker, sans doute en avalant lui-même une capsule de cyanure.

**Tata Emmy**, la Haute Dame – Emma Göring, née Sonnemann (1893-1973), était actrice avant d'épouser Hermann Göring. À la fin de la guerre, elle a passé une année en prison pour son adhésion au régime nazi. Elle a vécu le reste de sa vie dans un petit appartement à Berlin.

**Tata Eva** – Eva Braun, maîtresse d'Hitler, finalement devenue sa femme (1912-1945). Elle s'est suicidée en absorbant une capsule de cyanure l'après-midi du 30 avril dans le salon d'Hitler. Les enfants ne l'apprendront jamais.

**Tata Maria** – Maria Kimmich, née Goebbels (1910-1949), la plus jeune sœur de Joseph Goebbels. Elle était mariée au réalisateur allemand Max Kimmich.

# Remerciements

Mon premier remerciement va au film *La Chute*, qui a inspiré cet ouvrage. J'ai également puisé beaucoup d'éléments dans des livres, notamment[1] :

Angela Lambert, *The Lost Life of Eva Braun* (2006).

Anja Klabunde, *Magda Goebbels : approche d'une vie*, Taillandier, 2006, 2011. Traduit de l'allemand par Suzanne Bénistan.

Anonyme, *Une femme à Berlin : journal, 20 avril-22 juin 1945*, Gallimard, 2006. Traduit de l'allemand par Françoise Wuilmart.

Armin D. Lehmann et Tim Carroll, *Le Dernier Bastion : un enfant-soldat dans le bunker d'Hitler*, Calmann-Lévy, 2005. Traduit de l'anglais par Jacques Guiot.

---

1. Seuls les titres de cette liste ayant fait l'objet d'une publication en France ont été traduits. (*N.d.É.*)

Bernd Freytag von Loringhoven, *Dans le bunker de Hitler, 23 juillet 1944-29 avril 1945*, Perrin, 2005.

David Irving, *Goebbels. Mastermind of The Third Reich* (1996).

Gitta Sereny, *Albert Speer : son combat avec la vérité*, Seuil, 1997. Traduit de l'anglais par William Olivier Desmond.

H.R. Trevor-Roper, *Hitler's Table Talk* (1953).

Hans-Otto Miessner, *Magda Goebbels* (1980).

Ian Kershaw, *Hitler*, Flammarion, 2000, 2010, 2014. Traduit de l'anglais par Pierre-Emmanuel Dozat.

Joachim Fest, *Inside Hitler's Bunker* (2004).

Marie Vassiltchikov, *Journal d'une jeune fille russe à Berlin : 1940-1945*, Phébus, 2007, 2013. Traduit de l'anglais par Anne-Marie Jarriges et Anne Guibard.

Martin Gilbert, *The Holocaust* (1986).

Nicholas Stargardt, *Witnesses of War* (2006).

Petra Fohrmann, *Die Kinder des Reichsministers* (2005), traduit de l'allemand pour l'auteur par Sonja Laue.

Ralf Georg Reuth, *Goebbels* (1993).

Traudl Junge et Melissa Muller, *Dans la tanière du loup : les confessions de la secrétaire de Hitler*, Taillandier, 2005, 2014. Traduit de l'allemand par Janine Bourlois.

Diverses éditions des journaux de Joseph Goebbels.

Je me suis également servie de Google et de Wikipédia pour obtenir les liens vers les films personnels des Goebbels.

J'aimerais remercier tous ceux qui m'ont donné ou prêté des livres et des films ou qui m'ont orientée dans la bonne direction : Sasha et Anna Gunin, William Rees-Mogg, Charlotte Weldon, Rebecca Nicolson. Merci également à Alan Judd pour ses conseils et à Tom Flatt pour ses réflexions sur les loups. J'aimerais aussi remercier Anja Toddington et Sonja Laue pour leur aide dans la traduction. J'ai énormément tiré profit de l'implication imaginative de Sonja dans ce projet. Un grand merci à ma tante Elizabeth Bruegger, qui a partagé avec moi ses souvenirs de jours passés dans une famille nazie en 1938, et qui a demandé et traduit les Mémoires de Hildegard Forstermann, à qui je suis extrêmement reconnaissante. Merci encore à Rudolf Kortokraks de m'avoir fait part de ses souvenirs d'enfance allemande. Merci à Jonny White, Charlotte Rees-Mogg, Kate Hubbard et David Craigie d'avoir lu mes premiers jets. Merci à Rebecca Nicolson et Emily Fox pour leur enthousiasme, ainsi qu'à Aurea Carpenter et Vanessa Webb pour leur analyse constructive et détaillée du texte. Merci à Tom Baldwin d'avoir trouvé ce super titre. Merci à Jess Bell pour son amical soutien. Tout mon amour et mes remerciements à mes parents pour leur aide, ainsi qu'à David pour ses encouragements et à Maud, Wilf, Myfanwy et Samuel pour avoir supporté tant de discussions concernant les nazis.

# Table